BUREAU DU
RECTEUR

AROMATIQUES

TOUR
DU NORD

RÉFECTOIRE

AMPHITHÉÂTRE

ESCALIER
DES CARTES
DE GÉOGRAPHIE

RAXFORD

Bienvenue
dans le monde des

Ce livre
appartient à:

_____

Salut, c'est Téa !

Oui, Téa Stilton, la sœur de *Geronimo Stilton* ! Je suis envoyée spéciale de *l'Écho du rongeur*, le journal le plus célèbre de l'Île des Souris. J'adore les voyages et l'aventure, et j'aime rencontrer des gens du monde entier !

C'est à Raxford, le collège dont je suis diplômée et où l'on m'a invitée à donner des cours, que j'ai rencontré cinq filles très spéciales : Colette, Nicky, Paméla, Paulina et Violet. Dès le premier instant, elles se sont liées d'une véritable amitié. Et elles ont tant d'affection pour moi qu'elles ont décidé de baptiser leur groupe de mon nom : Téa Sisters (en anglais, cela signifie les « Sœurs Téa ») ! Ce fut une grande émotion pour moi. Et c'est pour ça que j'ai décidé de raconter leurs aventures. Les assourissantes aventures des…

TÉA SISTERS !

Prénom : Nicky

Surnom : Nic

Origine : Océanie (Australie)

Rêve : s'occuper d'écologie !

Passions : les grands espaces et la nature !

Qualités : elle est toujours de bonne humeur…
Il suffit qu'elle soit en plein air !

Défauts : elle ne tient pas en place !

Secret : elle est claustrophobe,
elle ne supporte pas d'être
dans un espace clos !

Nicky

Nicky

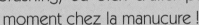

Colette

Prénom : Colette

Surnom : Coco

Origine : Europe (France)

Rêve : elle fait très attention à son look. D'ailleurs, son grand rêve, c'est de devenir journaliste de mode !

Passions : elle a une vraie passion pour la couleur rose !

Qualités : elle est très entreprenante et aime aider les autres !

Défauts : elle est toujours en retard !

Secret : pour se détendre, il lui suffit de se faire un shampoing et un brushing, ou bien d'aller passer un moment chez la manucure !

Colette

Prénom : Violet

Surnom : Vivi

Origine : Asie (Chine)

Violet

Rêve : devenir une grande violoniste !

Passions : étudier. C'est une véritable intellectuelle !

Qualités : elle est très précise et aime toujours découvrir de nouvelles choses.

Défauts : elle est un peu susceptible et ne supporte pas qu'on se moque d'elle. Quand elle n'a pas assez dormi, elle n'arrive plus à se concentrer !

Secret : pour se détendre, elle écoute de la musique classique et boit du thé vert parfumé aux fruits.

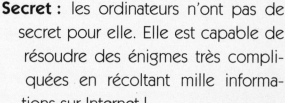

Prénom : Paulina

Surnom : Pilla

Origine : Amérique du Sud (Pérou)

Rêve : devenir scientifique !

Passions : elle aime voyager et rencontrer des gens de tous les pays. Elle adore sa petite sœur Maria.

Qualités : elle est très altruiste !

Défauts : elle est un peu timide… et un peu brouillonne.

Secret : les ordinateurs n'ont pas de secret pour elle. Elle est capable de résoudre des énigmes très compliquées en récoltant mille informations sur Internet !

PAULINA

Prénom : Paméla
Surnom : Pam
Origine : Afrique (Tanzanie)
Rêve : devenir journaliste sportive ou mécanicienne automobile !
Passions : la pizza, la pizza et encore la pizza ! Elle en mangerait même au petit-déjeuner !
Qualités : elle a beau avoir des manières un peu brusques, elle est la pacifiste du groupe ! Elle ne supporte ni les disputes ni les discussions.
Défauts : elle est très impulsive !
Secret : donnez-lui un tournevis et une clef anglaise, et elle résoudra tous vos problèmes de mécanique !

VEUX-TU ÊTRE UNE TÉA SISTER ?

Prénom : _ _ _ _ _ _ _ _ _

Surnom : _ _ _ _ _ _ _ _ _

Origine : _ _ _ _ _ _ _ _ _ _ _ _ _ _ _ _ _ _

Rêve : _ _ _ _ _ _ _ _ _ _ _ _ _ _ _ _ _

_ _

_ _

Passions : _ _ _ _ _ _ _ _ _ _ _ _ _ _ _ _

Qualités : _ _ _ _ _ _ _ _ _ _ _ _ _ _ _ _

_ _

Défauts : _ _ _ _ _ _ _ _ _ _ _ _ _ _ _ _

Secret : _ _ _ _ _ _ _ _ _ _ _ _ _ _ _ _ _

_ _

ÉCRIS ICI TON PRÉNOM !

COLLE ICI
TA PHOTO !

Texte de Téa Stilton.
Coordination de Lorenza Bernardi *et* Patrizia Puricelli.
Avec la collaboration de Serena Bellani.
Édition de Baleine Rouge de Katja Centomo *et* Francesco Artibani.
Direction éditoriale de Flavia Barelli *et* Mariantonia Cambareri.
Coordination éditoriale et supervision artistique de Giulia Di Pietro.
Supervision du texte de Catarina Mognato *et* Lucia Puxeddu.
Sujet de Francesco Artibani *et* Caterina Mognato.
Graphisme de référence de Manuela Razzi.
Illustrations de Alessandro Battan, Jacopo Brandi, Monica Catalano,
Carlo Alberto Fiaschi, Michela Frare, Daniela Geremia, Sonia Matrone,
Elisabetta Melaranci, Marco Meloni, Roberta Pierpaoli, Arianna Rea,
Maurizio Roggerone, Raffaella Seccia *et* Roberta Tedeschi.
Couleurs de Tania Boccalini, Alessandra Bracaglia, Connie Daidone,
Ketty Formaggio, Daniela Geremia, Nicola Pasquetto, Elena Sanjust *et*
Micaela Tangorra.
Graphisme de Paola Cantoni.
Avec la collaboration de Michela Battaglin.
Traduction de Lili Plumedesouris

www.geronimostilton.com

Pour l'édition originale :
© 2007 Edizioni Piemme SPA – Via Galeotto del Carretto, 10, – 15033 Casale Monferrato (AL) – Italie
sous le titre *Grosso guaio a New York*
Pour l'édition française :
© 2009 Albin Michel Jeunesse – 22, rue Huyghens, 75014 Paris –
www.albin-michel.fr
Loi 49-956 du 16 juillet 1949 sur les publications destinées à la jeunesse
Dépôt légal : premier semestre 2009
N° d'édition : 18451
ISBN-13 : 978 2 226 19187 8
Imprimé en Italie par Agostini

Téa Stilton

NEW YORK NEW YORK !

ALBIN MICHEL JEUNESSE

Salut les amis !

VOUS AUSSI, VOUS VOULEZ AIDER LES TÉA SISTERS À RÉSOUDRE LE MYSTÈRE DE LA CITÉ SECRÈTE ?

CE N'EST PAS DIFFICILE. IL SUFFIT DE SUIVRE MES INDICATIONS !

QUAND VOUS VERREZ CETTE LOUPE, SOYEZ TRÈS ATTENTIFS : CELA SIGNIFIE QU'UN INDICE IMPORTANT EST DISSIMULÉ DANS LA PAGE.

DE TEMPS EN TEMPS, NOUS FERONS LE POINT, DE MANIÈRE À NE RIEN OUBLIER.

ALORS, VOUS ÊTES PRÊTS ?

LE MYSTÈRE VOUS ATTEND !

VERS L'ÎLE DES BALEINES

C'était une splendide matinée d'automne à Sourisia, quand je montai ce jour-là à bord de l'hydroglisseur pour l'*Île des Baleines*.

Confortablement installée sur mon siège, je savourais le beau s☉l☺il de novembre derrière la vitre, heureuse de retrouver le collège de RAXFORD.

Le recteur *Octave Encyclopédique De Ratis* m'avait invitée pour un événement spécial (c'est ainsi qu'il me l'avait présenté, sans autre explication !).

Et après avoir demandé à mon frère Geronimo (vous le connaissez, n'est-ce pas ? C'est le directeur de l'*ÉCHO DU RONGEUR*, le célèbre journal de l'Île des Souris) s'il n'avait pas de travail urgent à me donner, j'avais dit au revoir à la rédaction.

J'avais préparé ma valise en un temps **RECORD** et j'étais montée, à Sourisia, sur *L'HYDRO-GLISSEUR*

pour Raxford.

Hé oui, l'hydroglisseur du commandant *Bellâtre Septmerveilles* est toujours le seul moyen de communication entre les deux îles !

– Nous y serons en un clin d'œil, *mademoiselle* Stilton ! m'avait-il promis, en apprenant que j'étais pressée.

Mais en réalité…

Dès la première minuscule VAGUE, Bellâtre commença à louvoyer, c'est-à-dire à faire des zigzags, avec pour résultat de faire le double de chemin. J'étais abasourdie.

Je me rendis dans la cabine de pilotage et lui demandai :

– Qu'est-ce que tu FABRIQUES ? À ce rythme, nous y serons *après-demain*, à l'Île des Baleines !

Bellâtre montra la mer, pratiquement plate, et larmoya :

– Il y a trop de vagues ! Ça abîme ma coque, et je viens juste de la REPEINDRE !

Je le fusillai du regard.

Pour finir, je lui demandai *aimablement* de se pousser et je m'installai aux commandes. J'augmentai la puissance du MOTEUR et, au lieu d'éviter les vagues, les pris de face, tenant le gouvernail d'une main ferme.

VRRRRRRRR

Bientôt, l'Île des Baleines apparut à l'horizon.

Je n'eus qu'un commentaire :

– Bellâtre, les obstacles, on ne les contourne pas : *on les affronte !*

Foi de Téa Stilton !

Île des Baleines

Route de Bellâtre Vanesio

ROUTE DE TÉA

PLUS VITE, TÉA !

J'arrivai juste à temps au collège de RAXFORD !

À temps pour quoi, d'ailleurs ? Je n'en savais rien moi-même !

Je pensais trouver mes chères **TÉA SISTERS** à l'arrivée, mais je fus déçue. Au lieu de *Nicky*, PAULINA, Violet, *Paméla* et *Colette*, c'était le recteur (tout de même pas exacte-ment la même chose…) qui m'attendait à l'entrée du collège :

– Téa ! Juste à temps !

Plus vite ! Le marathon vient de commencer !

LE MARATHON ?!

Dans la SALLE DES LÉZARDS, le club des filles du collège, tous les élèves et tous les professeurs étaient déjà réunis. Ils s'étaient donné rendez-vous pour regarder ensemble la retransmission télévisée en direct du marathon de New York.

C'était donc cela, le **mYStéRieUX** événement auquel j'avais été invitée ?

LE MARATHON DE NEW YORK

Le **marathon de New York**, aux États-Unis, est une célèbre course à pied qui a lieu chaque année. Comme tous les marathons, son parcours est de 42,195 kilomètres. La première édition date de 1970 : 127 coureurs y participèrent mais seuls 55 arrivèrent classés. La course a beaucoup changé depuis : lors de l'édition de 2006, par exemple, les concurrents étaient au nombre de 38 868, et seuls 499 d'entre eux n'ont pas franchi la ligne d'arrivée. Chaque année, des milliers de participants arrivent du monde entier car ce marathon est unique, à la fois par le décor dans lequel il se déroule et par la participation de la ville tout entière. Des milliers de personnes se massent en effet le long du parcours et encouragent les coureurs par des cris, des chants et des danses.

Prêts, Les supporters ?

Aussitôt entrée, je me trouvai plongée dans une MER de banderoles, chapeaux en papier et petits drapeaux joyeusement brandis.

Quel accueil !

J'étais un peu gênée de cette réception si CHALEUREUSE. Beaucoup d'élèves levaient les bras en l'air et *semblaient* me saluer avec une affection presque excessive, agitant des écharpes et des fanions.

– Merci mille fois ! leur dis-je avec un SOURIRE éblouissant. Il ne fallait pas vous donner cette peine pour moi !

– Hem… MA CHÈRE TÉA…, murmura le recteur à mon oreille. En fait, ils vous demandent de vous pousser ! Vous êtes juste devant l'écran !

Oups. Je n'avais pas vu que derrière moi se trouvait un écran de télévision géant qui transmettait les images du **_MARATHON_**.

J'aurais voulu disparaître sous terre !

M'asseyant sur la chaise la plus proche, je jetai un coup d'**ŒIL** sur un écran plus petit, à ma gauche. Et qu'y vis-je ?

– **_Nicky !_** m'écriai-je, surprise.

C'était bien elle, l'intrépide Nicky, au milieu de la foule multicolore des marathoniens, dans les rues de **NEW YORK !**

– La surprise vous a plu ? demanda le recteur, en me faisant un clin d'œil. Nicky court sous les couleurs du collège de Raxford ! Les autres **TÉA SISTERS** sont là-bas aussi, pour la soutenir. Ce que vous voyez sur ce petit écran, ce sont les images en direct que Paulina nous transmet sur Internet !

Je pris moi aussi un petit drapeau et commençai à crier à gorge déployée :

– VAS-Y, NICKY !

VIVE RAXFORD !!!

Tout en encourageant Nicky moi aussi, je remarquai son petit visage fatigué et ses yeux FIXÉS sur une autre athlète, quelques mètres devant, qui portait un maillot avec un emblème que je connaissais bien : le serpent bleu enroulé autour d'un « S » sur fond argenté, l'emblème du SOURIDGE COLLEGE, l'antique rival de Raxford !

NICKY   ATHLÈTE DU SOURIDGE

- ALLEZ, RAXFORD ! criai-je.

Et mon cœur, à cet instant-là, me dit que j'avais là le sujet d'une nouvelle et **fantasouristique** histoire pour mon prochain livre...

NEW YORK

se trouve aux États-Unis, en Amérique du Nord, sur la côte Est. Dès l'époque coloniale, **New York** est un des plus importants ports du monde. La ville compte aujourd'hui plus de 8 millions d'habitants, et elle est divisée en 5 « districts » ou « circonscriptions » (appelés *boroughs*) : **Manhattan, Bronx, Queens, Brooklyn et Staten Island**.

Plus d'un tiers des New-Yorkais est né à l'étranger et la ville compte environ 200 nationalités. On y parle jusqu'à 80 langues différentes.

LE DÉFI !

Voilà comment débute cette histoire…

C'était l'automne. À Raxford, la nouvelle année scolaire commençait, avec son cortège de cours, de devoirs et de séminaires.

Les Téa Sisters, comme tous les étudiants au retour des vacances, se sentaient électrisées et pleines d'énergie.

Mais Nicky avait une motivation supplémentaire !

Ou plutôt, un *merveilleux* défi à affronter. Elle avait décidé de réaliser son grand rêve : prendre part au marathon de NEW YORK !

Elle se levait tous les jours à l'aube pour s'entraîner et courir sur les ROUTES de l'île. Elle grimpait les collines, redescendait à travers champs jusqu'aux plages le long de la côte.

NICKY COURAIT SUR DES KILOMÈTRES ET DES KILOMÈTRES...

... ELLE GRIMPAIT LES COLLINES...

... LES DESCENDAIT...

... JUSQU'AUX PLAGES LE LONG DE LA CÔTE.

LES AUTRES TÉA SISTERS LA SOUTENAIENT DE LEUR MIEUX !

Des kilomètres et des kilomètres, à DESCENDRE et à MONTER, sous le soleil ou sous la pluie, poussée par le VENT quand il était favorable, ou luttant contre lui quand il soufflait dans une direction contraire.

Pour un sportif, s'entraîner pour un marathon est une des expériences les plus fatigantes et les plus *impressionnantes* qui soient.

Et cela, Nicky le savait bien !

Inutile de dire que les autres Téa Sisters l'encourageaient de toutes les manières possibles, tant elles étaient fières d'elle !

Mais Nicky avait trouvé un autre **soutien** inattendu...

En effet, alors que le jour du départ de Nicky approchait, le *recteur* Octave Encyclopédique De Ratis avait convoqué les cinq Téa Sisters dans son bureau.

Bizarre...

– J'ai appris que Nicky était en train de se préparer pour le marathon de New York, commença le recteur d'un ton solennel, les mains croisées dans le dos.

Les filles se **REGARDÈRENT**.

– Bien ! reprit le recteur, en pointant le doigt vers Nicky.

Celle-ci **SURSAUTA**, persuadée qu'il ne lui donnerait pas l'autorisation de partir à cause de ses études.

– Je t'autorise à partir, mais à *une seule* condition : tu dois donner le meilleur de toi-même, et te faire *honneur* !

Nicky et les autres **TÉA SiSTERS** sourirent, étonnées.

Le recteur continua :

– À New York, tu ne concourras pas seulement pour toi, mais sous les **couleurs** de Raxford !

Les autres regardèrent Nicky, qui demanda au recteur :

– Qu'est-ce que ça veut dire ?

Il répondit :

– J'ai appris que le COLLÈGE DE SOURIDGE, notre rival historique, a déjà inscrit une de ses élèves, une certaine Helga Baumann. Il paraît que c'est un grand espoir du

marathon, mais je suis prêt à parier que toi, Nicky, tu lui donneras du **FIL** à retordre et que tu porteras haut les couleurs de notre **COLLÈGE** ! Et de cela, d'avance, je te remercie !

Alors le recteur prit dans un tiroir un **magnifique** maillot sportif portant l'emblème vert et or du collège.

Quelle idée **fantasouristique** !

Nicky se sentit gonflée d'orgueil et d'énergie.

– Ce sera un honneur de le porter ! répondit-elle, émue.

– **Vive Raxford** ! **Vive Nicky** !

crièrent en chœur les Téa Sisters.

– Quant à vous quatre…, ajouta le recteur en se tournant vers Paulina, Paméla, Violet et Colette, je suis sûr que vous serez un **SOUTIEN** efficace pour votre camarade, dans cette difficile entreprise ! C'est pourquoi vous partirez toutes les cinq !

Et ce fut au tour du recteur, cette fois, de **SOURIRE**.

À NOUS DEUX, NEW YORK !

Le jour du départ arriva en un **éclair**.
Les bagages, faits et défaits une infinité de fois,
étaient prêts et Paméla, Violet, Paulina et Nicky,
après de longues discussions, avaient convaincu

VINCE FLO SAM BESS

PAM

GAS

Colette de n'emporter qu'*une seule* valise (la première des **SIX** qu'elle avait préparées).

Les Téa Sisters étaient électrisées pour deux raisons : non seulement elles partaient pour la ville *merveilleuse* de **NEW YORK**, mais elles en profiteraient pour être les hôtes de la famille de Paméla, la famille Tangu !

Violet avait demandé :

– Mais comment ferez-vous pour nous héberger ?! Vous êtes déjà *douze* dans votre famille !

LA FAMILLE TANGU

SPIKE · JO · PAPA JT · GRAND-PÈRE OBIKE · PEGGY · GUS · MAMAN THANDI

– *Treize*, avec grand-père Obike ! précisa Pam avec un grand SOURIRE. Mais tu n'as pas encore vu ma maison ! Elle appartenait à un certain Ciccio Esposito, qui avait *dix-huit* enfants !

– Et c'était qui, ce type avec tous ces enfants ? demanda Colette.

– C'est lui qui a été le *maître* de papa, répondit Paméla. Celui qui lui a enseigné tous les secrets de la *vraie pizza napolitaine* !

Ciccio Esposito

Papa petit

Quand il a décidé de **rentrer** vivre en Italie, il a vendu sa maison et sa boutique à mon père. Et maintenant, mes parents ont vidé leur tirelire pour refaire la pizzeria à neuf. Les travaux devraient être terminés à présent… et j'ai hâte de voir comment c'est devenu !

Paméla était trop contente de retrouver sa famille, et de leur présenter ses meilleures amies, si chères à son coeur.

– Je suis tellement contente de vous accueillir dans la Grosse Pomme !

Colette la dévisagea, surprise :

– Pardon ?! Vous habitez dans… une *pomme géante* ?

Paulina sourit :

– La « Grosse Pomme » ! En anglais, *"The Big Apple"* : c'est le drôle de SURNOM que les New-Yorkais ont donné à leur ville !

– Il va falloir *ACCÉLÉRER* ! annonça Nicky, après un coup d'œil à la pendule. Le capitaine Septmerveilles est ponctuel, il n'attendra pas même une minute de plus !

Les membres du **club d'athlétisme** du collège accompagnèrent les Téa Sisters jusqu'au port, où les attendait l'hydroglisseur pour l'Île des Souris. La bannière de RAXFORD claquait joyeusement au vent.

Une grande banderole leur souhaitait **BON VOYAGE**.

– *À nous deux, New York !* s'écria Paméla quand l'hydroglisseur s'éloigna du quai.

Elle avait hâte d'être enfin à NEW YORK, la ville où elle était née et où elle avait grandi, et de revoir sa *famille* adorée !

CURIEUSES
RENCONTRES

Arrivées à l'aéroport de Sourisia, les Téa Sisters furent **DÉPASSÉES** à l'entrée par un **ÉNORME** chargement de valises, suivies par une fille petite et toute MAIGRE, aux longues jambes de gazelle. Elle portait un survêtement de *sport*, sur lequel était brodé l'écusson du SOURIDGE COLLEGE.

Nicky s'exclama :

– Ce doit être Helga Baumann, l'athlète du Souridge !

Elle remonta la file jusqu'à elle et la salua avec *spontanéité* :

– Salut ! Je suis Nicky, du collège de Raxford. Je participe moi aussi au *MARATHON* !

La fille toisa Nicky et dit :

– Je te souhaite d'*au moins* franchir la ligne d'arrivée, Nicky !

Puis elle alla rejoindre le rongeur qui s'occupait de ses valises et lui faisait signe de SE PRESSER.

– Qui est-ce, l'armoire à glace qui s'occupe de ses bagages ? demanda Paméla.

– Karl Baumann, son père, répondit Nicky.

– Il a été champion de RUGBY dans sa jeunesse. Aujourd'hui, il est son entraîneur. On dit qu'il est très SÉVÈRE avec elle !

Violet SOURIT et dit :

– S'il lui apprend à courir aussi bien qu'il lui apprend la bonne éducation, tu as déjà gagné, ma chère Nicky !

NEW YORK !c
NEW YORK !c

Les cinq **amies** avaient quitté Sourisia peu après midi mais c'était encore l'après-midi quand elles atterrirent à **NEW YORK**.

Malheureusement, à leur arrivée, New York était sous les **nuages**. Paméla fit la tête, comme si sa ville lui faisait un **affront** personnel. Elle aurait tant voulu que tout soit parfait pour ses amies !

Mais Nicky pensait différemment :

– Tant mieux, s'il n'y a pas de **soleil** ! J'espère que le ciel restera couvert jusqu'au jour du marathon. Rien n'est plus fatiguant que courir **quarante-deux** kilomètres avec le soleil qui te tape sur la caboche !

Rassurée, Paméla sourit. Elle guida ses amies dans un labyrinthe de couloirs et d'escaliers roulants vers la sortie de l'aéroport J.F.K., où son frère Vince les attendrait sûrement.

OR, en Réalité...

– Mais dans quel trou de gruyère peut-il bien se cacher ? protesta Paméla. Pas possible qu'il arrive en retard, un jour comme *aujourd'hui !?*

Paulina **REGARDAIT** autour d'elle, amusée par ce va-et-vient de gens venus des mille coins du monde : Indiens, Chinois, Africains... et c'est ainsi qu'elle aperçut un rat tenant à la patte une pancarte où était marqué : **TÉA SiSTERS**.

Elles coururent vers lui en agitant les bras.

– Hi, GIRLS !* les salua le jeune rat, en affichant un **SOURIRE** jusqu'aux oreilles qui fit voir des dents éclatantes de BLANCHEUR.

* « Salut, les filles ! », en anglais.

– Je m'appelle Parsan, c'est Vince qui m'envoie.
C'est vous, les *étudiantes* de Raxford ?
– C'est nous ! dit Pam étonnée, prête à demander
des explications. Mais Parsan lui avait déjà pris sa
valise des mains, en disant :
– Par ici ! Tu es bien Paméla ? C'est moi qui vous
emmène à Tribeca !
Et il les guida jusqu'à son **Yellow Cab**, un taxi
couleur jaune citron.

– Nous allons faire un tour **panoramique** de la ville, ok ? proposa-t-il, sans attendre leur réponse.

Elles étaient à peine installées sur les banquettes que le taxi partit comme une **FUSÉE**, se faufilant dans les **RUES** de la ville entre les voitures.

Les Téa Sisters s'accrochaient à leur siège.

La seule à ne pas sourciller, c'était Paméla, assise, tranquille, derrière Parsan.

TAXI

Les *Yellow Cab* (ce qui veut dire en anglais « Taxis Jaunes ») sont les célèbres taxis de New York. On les appelle ainsi à cause de leur couleur jaune. Le premier modèle présentait sur ses flancs une décoration particulière, une bande à carreaux noirs et blancs. Récemment ont commencé à circuler dans la ville des taxis qu'on appelle jaune-vert : le vert indique que la voiture est électrique et ne pollue pas.

Elle était évidemment habituée à ce genre de conduite…

Les autres Téa Sisters avaient l'impression d'être dans le tambour d'un lave-linge en plein ESSORAGE (PROGRAMME TISSUS RÉSISTANTS !)

– Il fait froid, dit Parsan. Le vent souffle du nord. Vous voyez comme les nuages vont vite ?

Pam leva les yeux vers le ciel. Parsan avait raison : le VENT avait ouvert de larges brèches de bleu dans la couche de nuages, qui n'étaient plus blancs ni gris mais d'un rose intense, nuancé d'orange.

C'était le COUCHER DU SOLEIL.

Et voilà qu'apparut devant leurs yeux le *skyline** de New York, avec les gratte-ciel à l'horizon !

Parsan se décida à lever le pied de l'accélérateur. Une rangée interminable de gratte-ciel dont les vitres et les murs de verre renvoyaient des reflets ROUGES leur faisait face !

* Littéralement, en anglais : « la ligne du ciel ». Voir aussi p. 46.

– **Wouaouh !** soupira Nicky.

– **Wouaouh !** firent en écho Paulina, Violet et Colette.

– **Wouaouh !** approuva Paméla.

Que pouvait-on dire d'autre, devant pareil **SPECTACLE** ?

LE SAVAIS-TU ?

Le terme de gratte-ciel vient de l'anglais *skyscraper*, composé des mots *sky* (qui veut dire « ciel ») et *scraper* (c'est-à-dire « celui qui gratte »). Autrement dit : « gratteur de ciel ». Ce qu'on appelle *skyline* (« ligne du ciel »), c'est la ligne d'horizon telle qu'on la découvre en arrivant sur la ville.

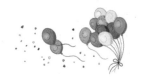

QUEL
ACCUEIL !

Quand les **TÉA SiSTERS** arrivèrent dans le quartier de Tribeca, le soleil était désormais entièrement couché.

Elles n'eurent même pas le temps de dire au revoir à Parsan que le taxi repartait déjà, en faisant hurler les pneus.

SKR!!!!!!!!!!!!!!!!!!!!!!!!!!!!!!!OOOOOOOON !!!

TRIBECA

Le nom de ce quartier est une abréviation de l'anglais *TRIangle BElow CAnal Street* (qui veut dire « le triangle en-dessous de Canal Street »), à cause de sa forme triangulaire caractéristique. Canal Street est une rue pleine de petites boutiques pittoresques. Jusqu'à une époque récente, Tribeca abritait de petites usines et des entrepôts de marchandises. C'est aujourd'hui un quartier résidentiel très à la mode, fréquenté par les célébrités.

– Impossible de rester, cria Parsan en **agitant**
la main par la portière. Faut que j'y
AAAAAAAAILLE ! Bye-bye* !

– Byeeeee ! s'écrièrent les filles éberluées, agitant
elles aussi la main.

Et voilà qu'au son de leurs voix une porte s'ouvrit en grand :

– PAMÉLA !!!

Les Téa Sisters furent littéralement ASPIRÉES

* « Au revoir », en anglais.

à l'intérieur d'une maison de brique à deux étages et se retrouvèrent, en moins de temps qu'il n'en faut pour le dire, dans une grande salle décorée de banderoles et de ballons multicolores. Une fête-surprise ! Les deux jumeaux Peggy et Gus sautèrent au cou de Pam, en agitant le dessin qu'ils avaient fait exprès pour elle.

SMACK ! SMACK ! SMACK ! SMACK !

Pam les couvrit de baisers, puis s'empressa de faire les présentations :

– Voici mon papa, Jelani, dit JT ! Ma maman, Thandi ! Et voici mon grand-père adoré, Obike !

Ses neuf frères et sœurs étaient tous là, dans un joyeux désordre : Gus, Peggy, Vince, Sam, Gas, Flo, Jo, Skipe et Bess !

Les embrassades, les bises et les présentations n'en finissaient pas !

Nicky, en particulier, fut assaillie par un cyclone de questions sur le *MARATHON*.

– C'est la première fois que tu participes ?

– Tu es *impressionnée* ?

– Tu te sens en forme ?

– Tu penses faire quoi comme temps ?

– Comment tu seras habillée ?

– Ça fait combien de temps que tu t'**entraînes** ?

Thandi déclara qu'elle était aussi fière d'elle que si elle avait été sa fille. En quelques minutes, les Téa Sisters faisaient déjà partie de la famille.

–*VOUS ÊTES CHEZ MOI COMME CHEZ VOUS !* dit papa JT. Si vous avez besoin de quoi que ce soit, n'hésitez pas !

Il y eut un instant de SILENCE.

–Il y aurait bien quelque chose, en effet, papa..., fit Paméla d'une voix toute petite petite qu'on entendait à peine.

–Oui ?...

–QUAND EST-CE QU'ON MANGE ?!

Les filles étaient mortes de faim !

JT battit des mains :

–Bien sûr ! Allez... tout le monde à la **PIZZERIA** !

LES TANGU
À L'ŒUVRE !

Ils n'eurent pas à aller bien loin : la pizzeria était au rez-de-chaussée.

Dès l'entrée, une atmosphère pleine de **CHALEUR** les enveloppa. Les murs étaient vert-bleu comme l'**EAU DE LA MER**, avec des lignes bleu **NUIT**.

Sur les tables, des nappes élégantes et des bougeoirs en verre soufflé.

– *Très chic* ! s'exclama Colette d'une voix flûtée.

– Alors, Paméla, qu'est-ce que tu en dis ? demanda Vince avec inquiétude car l'avis de sa sœur comptait beaucoup pour lui.

– Par les mille boulons ! Vous avez tout refait ! C'est beau à s'en exploser les **SOUPAPES** ! répondit Pam.

Pendant que Vince montrait la pizzeria à Paméla, le reste de la famille Tangu s'occupait du dîner ; maman Thandi et Gas préparaient la garniture pour les pizzas, pendant que Flo et Jo finissaient de dresser les tables.

Paulina, INTRIGUÉE, regardait Sam et Skipe étaler la pâte.

Avec des gestes TRÈS RAPIDES, ils commençaient par aplatir la boule de pâte sur la table

pour en faire un disque, qu'ils lançaient ensuite en l'air et faisaient **tournoyer** en mille figures acrobatiques. QUEL SPECTACLE ! On aurait dit des jongleurs de cirque !

Paméla s'exclama :

– Moi aussi, je sais le faire !

Elle prit une boule de pâte qu'elle étendit avec dextérité. Puis elle **lança** le disque en l'air et le fit tournoyer comme un frisbee.

Il tourna ainsi sur lui-même une fois, deux fois, trois fois, puis... SPLATCH !!!

Devinez où il atterrit ?

Sur la tête de Colette !

– On reste calme, très calme, très très calme ! se répétait Colette en retirant la pâte COLLANTE de ses cheveux.

Elle essayait de garder l'air tranquille mais il était visible que, si elle l'avait pu, elle se serait mise à hurler tant et plus.

– Hum ! J'ai peut-être un peu perdu la main, s'excusa Paméla.

– Disons que tu es meilleure pour changer une roue..., ajouta Violet avec un sourire et un clin d'**ŒIL** à ses amies.

Mais voilà que des arômes engageants se répandaient dans l'air : les pizzas venaient de sortir du four.

–À TABLE ! s'écria Bess.

Vince et JT avaient rapproché les unes des autres toutes les tables, afin de former une seule et **longue** tablée. Pour l'occasion, en l'honneur des Téa Sisters, JT avait créé une pizza spéciale. Il l'avait faite en forme de cœur, garnie de cinq ingrédients **DIFFÉRENTS**, un pour chacune des cinq amies : le violet de l'aubergine pour Violet, les poivrons jaunes pour Paulina, les champignons marron pour Paméla, les crevettes roses pour Colette et les courgettes vertes pour Nicky.

Une pizza fantasouristique !

Nuit
à Manhattan

Après le dîner, Paméla proposa aux Téa Sisters de faire une promenade dans MANHATTAN.

En réalité, Paméla avait un but bien précis. Laissant derrière elles les LUMIÈRES de West Broadway et celles, un peu moins **étin-celantes**, de Greenwich Street, elle les emmena vers le quartier des quais.

Comme de longs doigts noirs, les quais s'allongeaient dans les eaux du FLEUVE Hudson.

Les Téa Sisters marchèrent sur un passage qui se terminait par un embarcadère en BOIS. Au-delà de l'embarcadère coulait l'eau noire du fleuve.

Et sur les eaux obscures de la baie, AU LOIN, se dressait la statue de la Liberté, lumineuse comme une *étoile* !

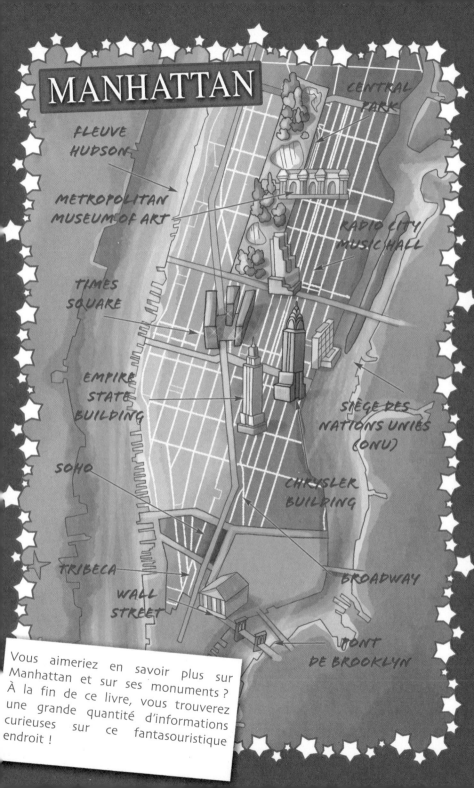

MANHATTAN

CENTRAL PARK

FLEUVE HUDSON

METROPOLITAN MUSEUM OF ART

RADIO CITY MUSIC HALL

TIMES SQUARE

EMPIRE STATE BUILDING

SIÈGE DES NATIONS UNIES (ONU)

SOHO

CHRYSLER BUILDING

TRIBECA

WALL STREET

BROADWAY

PONT DE BROOKLYN

Vous aimeriez en savoir plus sur Manhattan et sur ses monuments ? À la fin de ce livre, vous trouverez une grande quantité d'informations curieuses sur ce fantasouristique endroit !

Paméla confia à ses **amies** :

– Dans tout New York, c'est l'endroit que je préfère ! C'est mon coin à moi... et je veux le partager avec vous.

Paulina s'exclama, émue :

– Oh, Paméla !

Et elle serra très fort son amie dans ses bras.

Nicky, Violet et Colette se serrèrent contre elles deux, et elles restèrent ainsi, silencieuses, à ADMIRER ensemble la statue illuminée.

Qui est Phénix ?

Il se faisait tard. Les cinq amies se **HÂTÈRENT** de rentrer.

Elles étaient presque arrivées, quand elles remarquèrent *quelqu'un* qui traînait derrière lui un bidon avec des **roues**.

Aussitôt que l'inconnu les aperçut, il eut l'air de s'alarmer. Il changea brusquement de direction et coupa par une rue latérale.

D'instinct, les Téa Sisters allongèrent le pas.

Elles virent le rideau de fer de la pizzeria tout **SALI** de peinture rouge.

Quelqu'un avait écrit dessus :

ATTENTION
LE FEU NE PARDONNE PAS. PHÉNIX

L'individu avait **DISPARU**, mais pour prendre la fuite plus vite, il avait laissé là son bidon. Violet l'**ouvrit**. Dedans, il y avait des pots de peinture rouge.

Paméla fixait l'inscription sur le rideau métallique.

Une **MENACE** ? Que se passait-il donc ?! Et *qui* était « Phénix » ?

INDICE

Pourquoi l'individu mystérieux a-t-il écrit cette phrase sur le rideau métallique ?

PHÉNIX, ENCORE LUI !

Paméla FILA dans les escaliers de la maison comme une fusée. Elle devait immédiatement avertir son père !

JT était en train de discuter avec son fils Vince. Pam les interrompit pour raconter ce qui s'était passé. Tous deux parurent **préoccupés** mais pas surpris.

– Il fallait s'y attendre ! dit le père à mi-voix, en hochant la tête. Ce n'est pas le premier avertissement que nous recevons !

Paméla sentit la TERRE se dérober sous ses pieds.

Elle regarda son père d'un air interrogateur.

Celui-ci resta les yeux baissés et ajouta seulement :

– Je ne voulais pas te le dire, pour ne pas gâcher tes vacances et celles de tes **amies** ...

Ce fut à ce moment que Vince lui tendit un papier tout **CHIFFONNÉ** :

– Tiens. Nous l'avons reçu il y a quelques jours.

Paméla prit la feuille et lut, en même temps que les Téa Sisters :

– Allez-vous-en de Tribeca ou vos pizzas auront goût de **BRÛLÉ** !

Signé : « **PHÉNIX** »

ALLEZ-VOUS-EN DE TRIBECA OU VOS PIZZAS AURONT GOÛT DE BRÛLÉ !

PHÉNIX

JT était abattu :

– « Phénix » a essayé d'intimider, toujours par cette MENACE du feu, d'autres propriétaires de commerces. Tous des commerces tenus par d'honnêtes gens. Phénix agit toujours la N U I T et personne ne sait qui c'est.

– Nous devons avertir immédiatement la POLICE ! dit Paméla.

– Nous l'avons fait chaque fois, et nous le ferons là encore… mais je crains que cela ne serve pas BeauCouP ! répondit Vince.

– Malheureusement, les agents ne savent plus sur

LE PHÉNIX

Le phénix était un oiseau extraordinaire de l'Ancienne Égypte, symbole de richesse et prospérité. Selon la légende, après avoir vécu 500 ans, il se laissa incendier par les rayons du soleil, pour renaître ensuite de ses propres cendres.

quel pied danser ! intervint grand-père Obike, qui venait de passer la tête par la porte de sa chambre. Ils disent qu'ils n'ont pas assez de PREUVES !

Le soir, le vieil homme avait du mal à s'endormir, et maman Thandi, qui avait apparemment le sommeil léger, descendit l'escalier, très inquiète. Jo et Bess arrivèrent à leur tour dans le salon. Vince continua à expliquer, le visage sombre :

– Nous nous sommes endettés pour rénover la pizzeria. Et avec cette histoire, nous risquons que plus personne ne vienne manger des pizzas chez nous ! JT conclut :

– Le quartier est en train de se vider. Tout le monde a PEUR de Phénix. Si nous ne trouvons pas vite une solution, nous serons obligés de fermer !

– Non ! Nous ne devons pas avoir peur d'une tête brûlée qui joue avec des ALLUMETTES ! s'exclama Skipe, qui pourtant d'habitude dormait comme un loir.

Cette nuit-là, on aurait dit que personne n'arrivait à fermer l'ŒIL !

Deux minutes encore, et la réunion de famille était au complet. C'était le moment de servir double ration d'optimisme !

– Par tous les BOULONS, Spike a raison ! dit Pam en ébouriffant les cheveux de son frère. Nous n'allons tout de même pas nous laisser intimider par un clown qui se fait appeler « Phénix » ?!

– Ça non ! s'écrièrent en chœur les TÉA SISTERS.

– Non, non et non ! dirent Bess, Jo et Sam.

– Moi, les phénix, je les aime farcis aux noix, comme les dindes ! déclara Gas, qui n'y connaissait pas grand-chose en MYTHOLOGIE (mais qui était un gros mangeur).

– Les phénix *n'existent pas*, Gas ! le corrigea Flo d'un ton de maîtresse d'école. Ce sont des oiseaux mythologiques !

– Peut-être… mais pour moi, Gas a raison : ce **PHÉNIX** n'est qu'un vulgaire poulet ! conclut Spike.

– Bien dit ! Tope-là, frérot ! ajouta Paméla.

– Donne ta 🐾🐾🐾🐾🐾🐾, sœurette ! répondit-il, et ils claquèrent dans la paume l'un de l'autre.

HALLOWEEN, QUELLE IDÉE !!! ccc

– Vous avez raison de ne pas vous laisser intimider, mais… comment ferez-vous pour l'argent ? Si vous n'avez plus de clients, vous serez obligés de **FERMER** ! intervint Paulina avec son habituel sens pratique.

– **EXACT** ! dit Vince à Paulina. C'est justement ce que je disais à papa quand vous êtes arrivées. Dans quelques jours, c'est **HALLOWEEN** ! Une occasion en **OR** pour organiser quelque

HALLOWEEN

Cette fête a son origine en Europe, dans les anciennes populations des Celtes et des Bretons. Elle est célébrée le 31 novembre. À New York, on fête Halloween par une grande parade sur la Sixième Avenue (connue également comme l'*Avenue of the Americas*). Plus de cinquante mille personnes participent au défilé chaque année. ATTENTION ! Dans le Journal à Dix Pattes des Téa Sisters, vous découvrirez tout, absolument tout, sur la façon d'organiser une fantasouristique fête d'Halloween !

chose de spécial. Nous pourrions gagner pas mal d'argent en vendant des pizzas pendant la **parade** ! Nous nous ferions de la publicité et nous pourrions payer nos dettes.

Quelle idée **fantasouristique** !!!

La fête d'Halloween tombait vraiment au bon moment !

Chacun rivalisa pour faire les propositions les plus fantaisistes possibles. Mais comment se comprendre, quand tous parlaient en même temps ?

La voix *paisible* de Violet, gentille mais déterminée, les fit taire :

– Grand-père Chen disait toujours : « *Dans le silence, nous sommes tous plus sages, dans le bruit tous plus sourds !* »

Tout le monde se tut d'un seul coup.

Grand-père Obike partit d'un grand éclat de **RIRE** :

– HA ! HA ! HA ! Bien dit, ma fille ! Fais-les rentrer dans le rang, ces bavards de Tangu, ou on n'arrivera jamais à rien !

Violet proposa alors de se diviser en groupes de travail, chacun devant proposer un PROJET pour la

Finalement, ils allèrent tous se coucher, pleins d'espoir.

PRÊTES POUR LA GROSSE POMME ?

Le lendemain matin, les Téa Sisters se levèrent reposées et descendirent à la cuisine pour prendre le **petit déjeuner**.

Maman Thandi avait préparé un BREAKFAST[*] exceptionnel, à base de lait, jus d'orange, yaourt, céréales, pain grillé, fruits frais et autres délices.

*BREAKFAST

C'est ainsi qu'on appelle le petit déjeuner typique à l'américaine : par tradition, un repas très nourrissant et énergétique.

Son origine remonte à l'époque des pionniers du Far West, qui devaient parcourir de longues distances à cheval et travailler toute la journée, et qui avaient donc besoin d'un petit déjeuner très riche. Un vrai breakfast américain doit comporter les classiques pancakes, d'épais beignets de pâte qu'on recouvre du traditionnel sirop d'érable, auquel on peut ajouter un peu de beurre ou de confiture.

– Mmm… j'adore les pancakes ! s'exclama Nicky
quand elle vit maman Thandi en train de les
préparer. Quand je vais chez Naya, ma
NOUNOU, elle m'en fait toujours !

Nicky les arrosa abondamment de sirop
d'érable et se sentit pleine d'**ÉNERGIE** !

Les filles aidèrent maman Thandi à débarrasser,
puis elles sortirent en se **SÉPARANT** en deux

groupes. Nicky, elle, irait courir à Central Park afin de s'entraîner pour le **MARATHON**.

Paméla et Paulina enquêteraient un peu dans les environs sur le **mystère** de Phénix, tandis que Colette et Violet chercheraient du tissu pour faire les costumes d'HALLOWEEN.

Dans la pizzeria des Tangu, pendant ce temps, on travaillait déjà à plein régime pour préparer les pizzas spéciales de la parade costumée.

Avant de sortir, Pam et Paulina passèrent saluer papa JT. Elles le trouvèrent en compagnie d'un homme corpulent, qui gesticulait de manière EXAGÉRÉE.

Paméla chuchota à Paulina :

– Celui-là, c'est Big Al.

En réalité, il s'appelle Alfred Mulligan, mais tout le monde le connaît comme « Big Al ». Il a une petite agence immobilière près d'ici. On dirait que pour lui aussi les affaires vont **MAL** !

Big Al, en effet, pleurnichait et se **MOUCHAIT** bruyamment dans un grand mouchoir à carreaux.

– Tribeca a toujours été un **QUARTIER** modèle... de vieilles maisons, mais convenables, et sans l'**ombre** d'un de ces affreux centres commerciaux ! Bref, c'était vraiment l'endroit rêvé pour s'y E N R A C I N E R ! **SOB ! SOB !**

Qui sait pourquoi, Paulina n'arrivait pas à éprouver de sympathie pour ce grand et gros rongeur qui ne savait que se lamenter à voix haute…

Big Al continuait de pleurnicher :

– Regarde à quoi il est réduit maintenant, notre vieux quartier ! Tu te rappelles quand il y avait Ciccio ? C'était la belle époque ! La pizzeria était toujours pleine, les gens faisaient la queue pour avoir des pizzas ! Sob ! Si tout le monde continue à partir de Tribeca, mon agence va faire faillite. Tout ça à cause de ce **FORBAN** de Phénix !

Entre deux mouchages, Big Al s'approcha de JT et bredouilla :

– En tout cas… compte sur moi, mon vieux ! Moi, je ne t'abandonnerai **JAMAIS !** Tu sais que je suis prêt à te racheter le local à n'importe quel moment…

– Merci, Big Al ! répondit JT. Mais mes enfants et moi, nous avons de nouveaux projets pour la pizzeria. Nous nous en sortirons tout seuls !

La GRIMACE que fit Big Al en entendant ces paroles déplut à Pam, qui ne l'avait d'ailleurs jamais trouvé sympathique.

Quand Big Al fut sorti, Paméla rejoignit son père derrière le comptoir de la pizzeria.

– Depuis quand êtes-vous devenus de si « grands amis » ?

JT expliqua que Big Al se donnait beaucoup de mal pour sauver le quartier. Bien sûr, il était un peu envahissant, mais il avait bon cœur.

– Il aide ceux qui sont menacés par Phénix. Il se propose même pour leur racheter leurs locaux. Qui d'autre le ferait, dans un moment pareil ? Le prix qu'il m'a offert suffirait à peine à couvrir mes dettes, et pourtant…

– … pourtant, nous allons tenir bon, hein, papa ? l'encouragea Paméla avec conviction. Nous ne renoncerons pas à la pizzeria !

Le visage de JT s'éclaira puis s'élargit en un SOURIRE plein d'orgueil :

– Ma petite fille chérie ! Voilà comment il faut réagir pour affronter les DIFFICULTÉS !

Paméla se serra contre lui :

– Paulina et moi, nous allons enquêter sur **PHÉNIX**. J'ai vraiment envie de le démasquer, ce « poulet » qui se monte la tête ! Et je sais déjà où commencer à le chercher !

EN PROMENADE DANS NEW YORK !

À la lumière du soleil, les rues de Tribeca étaient beaucoup plus belles et plus COLORÉES que la veille au soir.

Pendant que Pam et Paulina étaient encore à la pizzeria, Nicky, Violet et Colette étaient déjà arrivées à la station de MÉTRO. Elles devaient prendre la ligne jaune, qui remonte l'île de Manhattan et va jusqu'à CENTRAL PARK.

Quelle confusion là-dessous !

Les trois amies durent se prendre par la main pour ne pas se perdre dans la foule !

Des rongeurs très sérieux en veston et cravate se mêlaient à des adolescents avec leur *skate-board* sous le bras et à de jeunes et jolies rongeuses habillées à la toute dernière mode.

LE MÉTRO DE NEW YORK

Avec le taxi, c'est le moyen de transport le plus utilisé par les habitants de New York. Il s'étend sur plus de **368 kilomètres**, et compte **469 stations**. Il a été inauguré le 27 octobre 1904 et sa construction a duré 16 ans employant plus de 7 000 ouvriers.

Les trains sont constamment renouvelés, avec l'adjonction d'éléments de confort indispensables, tel un système de climatisation de l'air recyclé. Une lumière verte allumée dans la station de métro indique qu'il est en fonction. Dans le cas contraire, la lumière est rouge.

LES RUES DE MANHATTAN

Dans l'île de Manhattan, les rues sont divisées en deux catégories : les **street**, qui coupent l'île à l'horizontale et se distinguent par leurs noms (par exemple *Houston Street*) ; et les **avenues**, qui sont à la verticale et se distinguent par un numéro (par exemple la *Fifth Avenue*, c'est-à-dire la célèbre 5e Avenue). La seule avenue à avoir un nom est **Broadway**, une des plus anciennes artères de la ville.

Elles descendirent à un arrêt sur la 5ᵉ Avenue (la fameuse FIFTH AVENUE, la rue des boutiques de luxe) et se dirent au revoir. Nicky, en effet, devait aller s'entraîner à Central Park.

– Ne m'attendez pas pour le déjeuner, les avertitelle. Aujourd'hui, je vais avoir un entraînement très **long** !

Violet et Colette la regardèrent s'éloigner au pas de course.

– Je ne l'envie vraiment pas ! dit Colette, qui se **dirigea** d'un pas décidé vers les boutiques de luxe.

Elle préférait un autre genre de **MARATHON**, celui devant les *vitrines* !

Son âme de fan de la mode prit le dessus :

– Regarde ces jolis chapeaux ! Et ces écharpes ! Nooon ! Et ces sacs, mais quels amours !? *J'en-veux-un-j'en-veux-un-j'en-veux-un* !!!

Violet leva les yeux au ciel.

Elle avait du mal à suivre son amie, qui filait d'un magasin à l'autre comme un poisson !

– Colette, ma chérie, tu te souviens que nous devons acheter les tissus pour les costumes d'**HALLOWEEN**, n'est-ce pas ?!

– Mais oui, Vivi, je me souviens très bien ! Je cherche l'inspiration dans les vitrines. Tu vois ? Elles sont toutes dans le style Halloween, répondit Colette en **FILANT** une nouvelle fois vers un grand immeuble avec l'enseigne TIFFANY à l'entrée.

– **Wouaouh !** soupira-t-elle, et ses yeux, cette fois, **brillèrent** vraiment comme des diamants. Quelle merveille !

Dans la vitrine étaient exposés des broches, des colliers, des boucles d'oreille et des bagues ÉTINCELANTES, dignes d'une princesse de conte de fées.

Mais Colette, plus encore que par les bijoux, était fascinée par le style *sophistiqué* du magasin,

par cette couleur vert-bleu qui avait rendu Tiffany célèbre dans le monde entier.

Inutile de dire que le VERT-BLEU est la deuxième couleur préférée de Colette (*après toutes les nuances de rose, naturellement !*).

Elles marchaient depuis deux heures maintenant, et Violet soupira :

– Dans toute la FIFTH AVENUE, il n'y a pas *un seul* mètre de tissu que nous pouvons nous permettre d'acheter ! Nous voulons faire des costumes pour HALLOWEEN, pas des robes de soirée !

Et Violet proposa alors de revenir à Tribeca.

Peut-être arriveraient-elles, là-bas, à acheter quelque chose sans épuiser toutes leurs économies !

TIENS, COMME ON SE RETROUVE !

Entre-temps, Nicky était arrivée à Central Park, le plus grand parc public de **MANHATTAN**. Les feuilles jaune d'or de l'automne y créaient une atmosphère de *rêve* ! Nicky s'engagea sur un sentier qui menait au plus grand lac, appelé « Réservoir ».

CENTRAL PARK

Central Park est le « poumon vert » de Manhattan. Il fait 4 kilomètres de long, pour une surface de presque 3,4 km². Chaque jour, des milliers de New-Yorkais s'y retrouvent pour faire du sport, se détendre, travailler et étudier. Le parc est doté de nombreux circuits sportifs, de jeux pour les enfants et de terrains de sport, de restaurants et même d'un zoo. La tradition veut que l'arrivée du Marathon de New York se fasse à Central Park.

Ici, autour de ce magnifique miroir d'eau, il y avait un parcours de deux kilomètres et demi parfait pour qui voulait **COURIR**.

Nicky s'arrêta pour respirer l'**AIR** frais, qui sentait bon l'herbe. Des prairies vertes à perte de vue et de petits lacs, des statues, des fontaines mais surtout des A R B R E S. Érables, ormes, chênes, cyprès, hêtres, cerisiers… aux frondaisons rouges, vertes, orange, jaunes, couleur de **rouille** !

Nicky n'arrivait pas à croire qu'elle était ici,

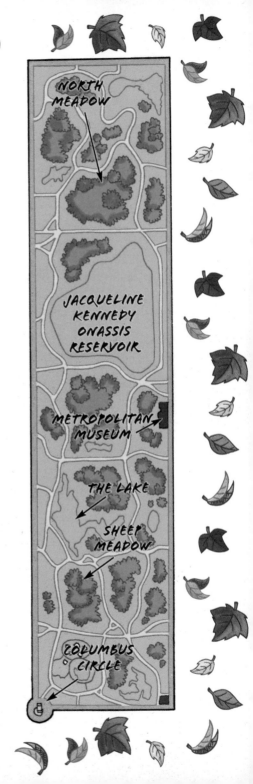

NORTH MEADOW

JACQUELINE KENNEDY ONASSIS RESERVOIR

METROPOLITAN MUSEUM

THE LAKE

SHEEP MEADOW

COLUMBUS CIRCLE

là où arriverait dans quelques jours le **MARA-THON**. C'était un rêve qui se réalisait !

Elle s'appuya contre une balustrade et commença à **étirer** les muscles de ses jambes en faisant un peu de *stretching* (qui veut dire « étirement » en anglais).

Autour d'elle, des groupes d'enfants jouaient dans les prés, des rongeuses âgées faisaient du yoga, de jeunes cadres travaillaient sur leur ORDINATEUR portable. Des gens lisaient, d'autres PATINAIENT, d'autres encore prenaient simplement le soleil.

Nicky enclencha le **chronomètre** de sa montre et commença à courir, se joignant aux nombreux sportifs qui parcouraient le sentier du « Réservoir ».

Son pas était LÉGER, délié et régulier.

Au loin, elle aperçut une calèche, ces voitures d'autrefois, TIRÉE par un cheval, qui transportait un *couple* de jeunes touristes. Dans ce décor agréable, Nicky ne sentait pas la fatigue de l'**entraînement**. Mais tout à coup, derrière

elle, une voix peu aimable brisa l'enchantement :

– Lève les pattes ! Plus vite ! Tu te crois déjà arrivée ?! Il te reste encore un tour de LAC à faire !

Nicky se retourna, un peu agacée, et vit que la voix était celle du papa d'Helga Baumann, éperonnant sa fille pour qu'elle aille plus vite.

Helga **COURAIT** juste derrière Nicky : elle la rattrapa et la dépassa.

Son père était sur ses talons en vélo, sans cesser de l'**encourager** de la voix un seul instant, si on pouvait appeler encouragement ces **reproches** continuels...

Nicky accéléra le pas pour rattraper Helga. Elle n'allait pas se laisser distancer dès leur première rencontre !

Dès qu'elle eut rejoint sa *RIVALE*, Nicky lui dit bonjour, avec un **SOURIRE** éclatant :

– Salut !

Le père d'Helga hurla :

– Tu te laisses dépasser par cette cancoillotte ?

DÈS QU'ELLE EUT REJOINT SA RIVALE, NICKY LUI DIT BONJOUR, AVEC UN SOURIRE ÉCLATANT...

... AU BEAU MILIEU D'UN VIRAGE HELGA REMONTA DE NOUVEAU NICKY ET LA DÉPASSA...

Sors tes GRIFFES, Helga ! Fais-lui mordre la poussière !

Nicky n'en croyait pas ses oreilles.

Mais pour qui se prenait-il ?!

C'était ça, l'esprit **sportif** ? Encourager *contre* un adversaire ?

Quelle sorte d'enseignement donnait-il donc à sa fille ?

Mais voilà qu'au beau milieu d'un virage Helga remonta de nouveau Nicky et la dépassa, en y mettant toute son *ÉNERGIE*.

Nicky **ACCÉLÉRA** de nouveau, pour rejoindre sa rivale.

... NICKY ACCÉLÉRA DE NOUVEAU, POUR REJOINDRE SA RIVALE...

... MAIS TOUT À COUP NICKY DÉCIDA DE RALENTIR ET DE LAISSER PASSER HELGA...

Elles étaient désormais à la même hauteur, et l'orgueil de chacune était en jeu.

Tout à coup, pourtant, Nicky décida de RALENTIR et de laisser passer Helga.

Non parce qu'elle n'avait plus de souffle, mais parce qu'elle s'était rendu compte qu'Helga ne le faisait pas par orgueil personnel, mais par **PEUR** de ce que son père lui dirait si elle perdait ce défi stupide.

Helga revint vers son père, satisfaite.

– Il était temps que tu t'en débarrasses, de celle-là, s'exclama-t-il.

L'ENQUÊTE COMMENCE !

Pendant ce temps, Paméla et Paulina avaient commencé leur **ENQUÊTE** pour découvrir qui se cachait derrière la signature de **PHÉNIX**.

La première chose qu'elles firent fut de se rendre à la caserne des pompiers.

LES POMPIERS DE NEW YORK

Le corps des sapeurs-pompiers de New York a été créé en 1737 et n'était composé au départ que de volontaires. Il fut ensuite reconnu officiellement et appelé *Fire Department*. Actuellement, plus de 10 000 pompiers opèrent dans la ville, répartis dans les différents districts.

Leur uniforme est constitué d'une veste faite dans un tissu spécial, qui réagit aux températures élevées en changeant de couleur. Quand elle devient marron, cela signifie qu'elle ne peut plus protéger des flammes celui qui la porte, et qu'il doit en changer ! L'équipement est complété par un casque.

Paméla avait expliqué à Paulina :

– J'ai une ancienne camarade d'école qui travaille ici. Elle est *POMPIER* !

– EXCELLENT ! Elle pourra nous aider dans notre enquête sur Phénix ! approuva Paulina.

Elles arrivèrent devant un bâtiment **IMPO-SANT** et virent que le garage était ouvert.

À cet instant précis, un **CAMION** rouge revenait, et des pompiers qui avaient l'air épuisé en descendirent.

Pam s'approcha de l'un d'eux, au visage tout couvert de suie.

– Excusez-moi, je cherche quelqu'un… demanda-t-elle timidement.

Le pompier éclata d'un rire joyeux :

– HA ! HA ! HA !

Il ôta son casque et secoua la tête, laissant retomber sur ses épaules une cascade de boucles rousses :

– Paméla, tu n'as vraiment pas changé ! Tu ne me reconnais pas ? C'est moi, Shirley !

– Shirley ! Et comment aurais-je pu te recon-

naître, **fagotée** comme tu es ?
répliqua Pam en lui passant sur le nez le bout de son doigt, qu'elle retira couvert d'une **COUCHE** de suie.

Shirley se nettoya la figure avec son mouchoir :

– Les inconvénients du métier ! J'ai dû descendre dans un conduit de cheminée pour sauver une perruche restée prisonnière. Le sauvetage des **ANIMAUX** domestiques, c'est ma spécialité.

– Le sauvetage de ta vieille copine qui n'avait pas étudié sa leçon, c'était déjà ta spécialité ! Laisse-moi t'embrasser ! lui répondit Paméla avec un clin d'**ŒIL**.

Shirley et elle, à l'*école*, étaient voisines de banc. Pam serra son amie contre elle.

–Quelle **joie** de te revoir ! Je te présente Paulina. Elle fait ses études à RAXFORD, comme moi.

–Ravie de faire ta connaissance, Paulina, dit Shirley en lui serrant chaleureusement la main. Maintenant, laissez-moi cinq minutes : je me lave un peu et on ira MANGER un morceau ensemble !

LA REINE
DE L'ORDINATEUR

Elles allèrent s'asseoir dans un bar près de la caserne. D'après Shirley, les sandwichs y étaient vraiment **spéciaux**.

Shirley était une fille vive et *sympathique* : dans le bar, on l'accueillit avec de grands sou-

rires. Tous la connaissaient dans le quartier, et elle était très estimée pour le **COURAGE** et la générosité dont elle faisait preuve dans son travail.

En général, tous les pompiers sont comme ça : des héros silencieux, toujours prêts à intervenir pour aider leur prochain.

Dès que Pam lui eut raconté les **MENACES** de Phénix, Shirley écarquilla les yeux et s'exclama, indignée :

– Mais c'est un criminel ! Il s'en prend *aussi* aux pizzerias maintenant, le lâche !

Shirley savait donc *déjà* qui était Phénix !!!

– Ce Phénix me met la cervelle en **FLAMMES**, pour rester dans le ton ! ajouta Shirley.

Paméla lui dit :

– Je veux découvrir *qui est* Phénix. Je ne rentrerai pas à RAXFORD en ayant peur que quelqu'un fasse du mal à ma famille !

– Bien dit ! approuva Shirley.

Et ce fut elle-même qui proposa à son amie de lui donner un coup de main.

– On peut sûrement trouver quelque chose dans les archives des pompiers. Nous rédigeons toujours un rapport *détaillé* sur chacune de nos interventions. Peut-être qu'en confrontant les différentes situations...

Pam et Paulina échangèrent un regard plein d'espoir.

Puis Shirley ajouta :

– Surtout que j'ai appris par Vince que tes **amies** et toi, vous êtes des enquêtrices hors pair ! Les **TÉA SiSTERS**, c'est ça ?! J'ai hâte de vous rencontrer toutes !

Pam l'embrassa :

– Shirley, tu es une grande ! Avec toi, je suis sûre que nous sortirons de ce **bourbier** !

Après avoir mangé, les filles revinrent à la caserne et Shirley emmena Pam et Paulina dans un bureau rempli d'ORDINATEURS :

– D'ici, nous pouvons nous connecter aux archives centrales, expliqua-t-elle, et elle commença à taper des lettres et des chiffres sur le ⓒⓛⓐⓥⓘⓔⓡ.

– Voici les données sur les incendies dans le quartier ! J'espère que ça pourra vous aider dans votre enquête.

Paulina regarda attentivement l'écran et dit :

– Il y a peut-être un LIEN entre les dates et les lieux des incendies. Je peux essayer de vérifier ?

Shirley céda sa place à Paulina, qui commença à faire courir rapidement ses doigts sur le clavier :

TIC-TIC-TIC-TIC-TIC-TIC-TIC-TIC-TIC-TIC

– Tu fais vraiment des *étincelles* à l'ORDINATEUR, toi ! s'exclama Shirley, admirative.

Tout à coup, sur l'écran, apparut une **CARTE** détaillée de Tribeca, avec des **points** rouges indiquant les lieux où des incendies s'étaient déclenchés.

– Par les mille **BOULONS** ! s'écria Paméla. Vous voyez la même chose que moi, n'est-ce pas ?!

INDICE

Holland Tunnel Exit

Greenwich St.

Hudson St.

West Broadway

Canal St.

Varick St.

Church St.

Pizzeria des Tangu

Qu'a remarqué Paméla de bizarre sur la carte ?!

LES TEMPS SONT DURS À TRIBECA !

Pendant ce temps, Violet et Colette étaient revenues à Tribeca, afin d'acheter des tissus moins chers pour faire les **costumes**.

– Mais cette fois, nous n'allons pas perdre notre temps à faire les vitrines ! dit Violet d'un léger ton de REPROCHE.

Colette s'apprêtait à répondre quand une grande pancarte attira son attention : SALE !*

– ENTRONS ! proposa-t-elle, en montrant la petite mercerie qui affichait la pancarte.

Une rongeuse âgée, derrière son comptoir, les salua chaleureusement :

– Bienvenue ! Vous cherchez quelque chose ? Il ne nous reste plus beaucoup de marchandise…

Violet regarda autour d'elle. Les étagères étaient

*« Vente au rabais, liquidation », en anglais.

à moitié vides mais des rouleaux de tissu **entassés** dans un coin attirèrent son attention. Et sur le comptoir étaient **éparpillées** des boîtes de boutons, de bobines et de rubans.

– Nous voudrions faire des costumes pour **HALLOWEEN**, expliqua Violet.

– Alors, j'ai ce qu'il vous faut ! s'exclama la rongeuse, en prenant quelques **rouleaux**.

Colette examina les tissus avec soin :

– C'est parfait ! Regarde ces **COULEURS**,

Violet ! Nous n'avons que

l'embarras du choix !

– Je vous fais un prix spécial

si vous prenez tout… et en

plus, je vous fais cadeau

des **RUBANS** !

– Marché conclu ! dit Violet

sans hésiter.

Puis, curieuse, elle demanda :

– Mais pourquoi vendez-vous

toute votre marchandise ?

– Ah, les temps sont durs, ici, à Tribeca…

Je suis **OBLIGÉE** de fermer ! soupira la rongeuse en déroulant et repliant avec soin les tissus.

Violet et Colette se **REGARDÈRENT** avec inquiétude. Un autre magasin qui fermait ? N'y aurait-il pas là-dessous la **PATTE** de Phénix ?

Et en effet…

– Dernièrement, nous avons reçu des **MENACES** d'un certain **PHÉNIX**. Les clients commencent à se faire rares. J'ai donc décidé d'aller m'installer dans le Kansas, chez mon fils.

– Et votre magasin ?! demanda Violet, intriguée.

– Je l'ai vendu à « Big Al » Mulligan ! C'est le propriétaire de la seule agence immobilière du quartier. Mais lui, c'est quelqu'un qui ne *lâche*

La pizzeria des Tangu n'est donc pas la seule à être en danger ! La mercerie aussi a reçu des menaces de Phénix !

jamais le morceau, vous savez ? Il m'a offert de rembourser ce que je devais à la banque et j'ai saisi la balle au bond. Comment faire autrement ?

Colette et Violet se **REGARDÈRENT** d'un air interrogateur.

Quand elles sortirent du magasin, elles étaient chargées de paquets mais elles avaient un poids bien plus gros sur le **cœur**.

Papa Tangu n'avait pas **EXAGÉRÉ** : les affaires, à Tribeca, allaient vraiment mal !

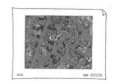

RÉCAPITULONS...

Quand Nicky revint chez les Tangu, **L'APRÈS-MIDI**, elle trouva une grande partie de la famille réunie dans le salon, avec les **TÉA SISTERS**.
– Te voilà enfin ! dit Pam. Nous faisions le point sur la **SITUATION**.

– Quelle situation ? demanda Nicky.

– Celle-ci ! lui répondit Paulina, en montrant une feuille sur la table, où l'on reconnaissait le plan de Tribeca.

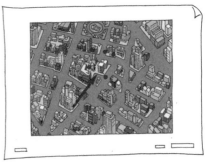

Dessus, il y avait des **points** rouges et une **flèche** bleue.

Paméla résuma ce qu'elles avaient découvert grâce à son amie Shirley.

– Les points rouges sur la carte, ce sont les magasins qui ont subi des **INCENDIES** dans les deux dernières années ! expliqua Paulina.

– Et cette flèche bleue ? demanda Nicky.

– C'est la mercerie où nous avons acheté les tissus pour les costumes d'**HALLOWEEN**, intervint Colette.

– Nous avons appris que la propriétaire a vendu son magasin à perte à... Big Al, expliqua Violet.

– Ce n'est pas une nouveauté. Big Al a donné un coup de main à pas mal de gens par ici ! répondit JT.

Paulina répliqua :

– À vrai dire, Big Al se présente comme le *bienfaiteur* du quartier. Mais nous, nous le trouvons presque *trop* généreux...

JT resta **longuement** silencieux.

Paméla intervint, tendant une feuille à son père :

– J'avais des **doutes**, moi aussi, mais quelques coups de fil ont suffi pour m'ouvrir les **yeux** ! Tu trouveras ici les numéros de téléphone de tous ceux qui ont reçu des **MENACES** de **PHÉNIX** ! Appelle-les, et tu verras si c'est *par hasard* que ce cher Big Al a été si *gentil* !

Papa Tangu appela toutes ces personnes, dont beaucoup étaient de **vieilles** connaissances à lui qui ne vivaient plus à Tribeca. Après chaque appel, JT s'enfonçait un peu plus dans son **FAUTEUIL**, et quand il reposa le combiné pour la dernière fois, il était complètement

abattu. Pam s'approcha de son papa et s'assit près de lui.

– Nous avons découvert que tous les magasins désignés par des **points** rouges ont été rachetés par la même agence. *Celle de Big Al !* Je suis désolée, papa ! conclut Paméla.

Vince se mit à marcher de LONG en LARGE dans le salon :

– Quel forban ! Il faisait semblant de pleurer mais en fait il voulait s'emparer de tout le quartier ! Qui aurait cru qu'il avait assez d'argent pour acheter tous ces immeubles ?

– C'est facile d'acheter un magasin, quand il est sous la menace d'un *INCENDIAIRE* ! dit **TRISTEMENT** Bess.

– Exact ! s'exclama Pam. Quoi de plus facile qu'acheter un magasin menacé par un incendiaire ?

Les **TÉA SISTERS** avaient saisi au vol.

– Pensez-vous ce que je pense ? insista Paméla.

– Bien sûr ! Il y a un lien entre Big Al et Phénix ! s'exclama Colette.

– Et peut-être même… qu'ils ne font qu'*un* ! La **N U I T**, Phénix écrit des menaces sur les devantures des magasins… et le jour, Big Al offre « *généreusement* » de les racheter à un prix défiant toute concurrence ! ajouta Violet.

JT commençait à y voir clair :

– Mais pour démasquer Big Al, les soupçons ne suffisent pas. Il faut apporter des preuves concrètes à la **POLICE** !

Nicky acquiesça :

– Si nous voulons trouver des preuves, je crois qu'il faut aller faire une *PETITE VISITE* à l'agence de Big Al !

Paméla **SOURIT**, et lui adressa un clin d'œil :

– Et la fête d'**HALLOWEEN** tombe à pic !

QUE DIRAIS-TU DE FAIRE LE POINT SUR LA SITUATION ?

REVOYONS ENSEMBLE LES INDICES RECUEILLIS :

1) Un mystérieux incendiaire, qui signe Phénix, menace la famille Tangu, propriétaire d'une pizzeria.

2) Phénix écrit des messages à la peinture rouge sur les rideaux métalliques des magasins.

3) De nombreux magasins ont été menacés par Phénix, obligeant leurs propriétaires à quitter le quartier.

4) Big Al, le propriétaire d'une petite agence immobilière, offre toujours son soutien aux victimes de Phénix.

5) Paméla et Paulina découvrent que c'est justement l'agence de Big Al qui a racheté les magasins et les immeubles menacés !

Ne croyez-vous pas, vous aussi, que Big Al cache quelque chose ?

PRÉPARATIFS !

En attendant, tous se lancèrent avec enthousiasme dans les préparatifs de la parade d'Halloween.

Grand-père Obike s'offrit comme « conseiller spécial » pour toutes les activités.

Tout devait marcher à la perfection !

Paméla et Sam passèrent des heures dans le garage. Les deux experts en MOTEURS préparèrent d'extraordinaires motos-carrioles, par-

PAMÉLA ET SAM PRÉPARÈRENT D'EXTRAORDINAIRE MOTOS-CARRIOLES.

... VIOLET ET NICKY RÉPÉTÈRENT LEURS MEILLEURS MORCEAUX...

faites pour la vente des pizzas sur l'itinéraire de la **parade**.

Violet et Nicky répétèrent leurs meilleurs morceaux musicaux pour pouvoir les jouer dans la rue et attirer les clients dans la pizzeria.

Gus et Peggy, aidés par Bess, dessinèrent des

... GUS, PEGGY ET BESS FABRIQUÈRENT DES MASQUES AMUSANTS...

tracts et fabriquèrent aussi des masques amusants à l'aide de matériaux divers : plumes,  sable coloré, petites perles et FILS d'argent. Paulina, Gas, Colette, Jo, Flo travaillèrent jour et nuit pour préparer des costumes pour tous, avec les *rubans* et les tissus achetés dans la mercerie.

Vince, Spike, papa JT et maman Thandi firent cuire une énorme quantité de pizzas.

Inutile de dire que grand-père Obike goûta à tout, en sa qualité de *conseiller spécial* !

Le 31 octobre, tout était prêt et chacun enfila son costume.

... VINCE, SPIKE ET JT FIRENT CUIRE UNE ÉNORME QUANTITÉ DE PIZZAS...

Quelle tribu fantasouristique !

Papa JT, maman Thandi, grand-père Obike et les deux jumeaux étaient déguisés en fantômes. Vince, en squelette. Flo, Bess, Spike et Jo en DRACULA. Sam en Frankenstein, et Gas en CITROUILLE.

Les Téa Sisters, elles, formaient un groupe vraiment spécial.

Violet était habillée en femme Vampire, tandis que Colette était pétillante dans son costume de pirate tout orné de dentelles et de falbalas ! Paulina avait choisi de se déguiser en ÉPOUVANTAIL. Nicky, elle, était enveloppée dans des bandelettes blanches de MOMIE. Paméla, enfin, s'était habillée en Sorcière.

Tous étaient fin prêts pour la parade d'Halloween et pour... démasquer PHÉNIX !

DES BONBONS OU LA VIE ?

La parade d'**HALLOWEEN** partait de Greenwich Village vers sept heures du soir, mais dès le début de l'après-midi, les rues de **MANHATTAN** se remplirent de gens costumés.

Des groupes d'enfants **DÉGUISÉS** frappaient aux portes des maisons et des magasins en demandant :

— *Des bonbons ou la vie ?*

Après le coucher du soleil, aux enfants s'ajoutèrent dans les rues les adultes déguisés.

TRICK OR TREAT ?

C'est l'expression anglaise qui correspond à « Des bonbons ou la vie ? ». On ne peut répondre que l'un ou l'autre : celui qui n'a pas de bonbons à offrir aux enfants déguisés devra subir un gage. La tradition du don de nourriture remonterait aux anciens Celtes.

Les motos-carrioles équipées par les Tangu **FILAIENT** en tout sens dans Tribeca car à peine s'étaient-elles ravitaillées en pizzas que celles-ci **DISPARAISSAIENT**, prises d'assaut par les gens. L'idée de Vince était vraiment excellente !

Pendant ce temps, les **TÉA SiSTERS** se préparaient pour l'Opération Phénix, avec l'aide de Gas et de Sam, qui les rejoindraient plus tard.

Pam, Violet, Paulina, Nicky et Colette se dirigèrent vers l'agence de Big Al et frappèrent à la porte.

TOC ! TOC !

Big Al ouvrit et fut pris à l'**improviste**, en se retrouvant face à cinq filles déguisées qui lui tendaient un sac ouvert.

Colette s'avança, plus fascinante que jamais dans son beau costume rose parfumé à *Soupir Souriesque* (*son parfum préféré, effet garanti !*) et demanda d'une voix veloutée :

— Des bonbons ou la vie ?

Big Al eut un sourire niais :

– J-je n'ai p-pas de b-bonbons, d-désolé.

– ALORS, LA VIE !!!

s'écrièrent en chœur les Téa Sisters.

Les cinq filles poussèrent Big Al à l'intérieur, avec de **PETITS RIRES** joyeux.

Opération Phénix

Elles le tiraient par ses vêtements, riaient, tournaient autour de lui pour l'embrouiller.

– Jouons à colin-maillard ! dit Colette.

– Oui, oui ! À colin-maillard ! À colin-maillard ! répétèrent les autres, improvisant une ronde.

C'est alors qu'arrivèrent Sam et Gas, lequel enfila sur la tête de Big Al la citrouille en carton-pâte de son déguisement. Il la lui mit de telle façon que les ouvertures pour les yeux et pour la bouche se retrouvèrent de l'autre côté, si bien que Big Al n'y voyait plus rien.

Nicky et Violet le firent tourner trois fois sur lui-même, pour lui faire perdre le sens de l'orientation :

– UN, DEUX, TROIS... TOURNEEEEEEEZ !

Big Al ricanait et cherchait à tâtons, **tendant** les bras devant lui :

– Où êtes-vous ? Je ne vois rien !

– Par ici ! Par là ! criaient les **TÉA SISTERS**.

C'était le moment rêvé pour chercher des preuves !

À un signal **donné**, les sept masques se *séparèrent* :

Colette, Sam et Gas restèrent pour occuper Big Al dans l'entrée, pendant que les quatre autres entraient dans les autres pièces pour les fouiller.

Nicky examina les tiroirs du bureau.

Violet vérifia le répertoire des adresses.

Paulina s'intéressa à l'ORDINATEUR.

Paméla ouvrit un débarras et s'exclama :

– Par les mille boulons DÉBOULONNÉS !

Du débarras partait un escalier qui descendait vers un **souterrain** !

Elles descendirent l'une après l'autre dans le noir : c'était à peine si elles voyaient où elles posaient la patte !

Elles trouvèrent un interrupteur et…

Ça alors, si elles s'étaient attendues à cela !

Devant leurs yeux S'OUVRAIT une grande pièce au plafond bas, avec des poutres apparentes. Peut-être était-ce une cave à l'origine mais c'était maintenant un second bureau, plus grand et mieux équipé que celui du rez-de-chaussée.

Accrochés aux murs, des cartes, des articles de journaux, des photos de New York.

Paulina s'approcha d'une des cartes et l'examina :

– Regardez ! Tous les endroits incendiés par PHÉNIX y sont marqués !

– Et regardez là ! dit Paméla, en désignant une table.

Dessus, une maquette reproduisait le quartier de Tribeca.

Mais au milieu de la maquette, une GIGAN-TESQUE construction de verre et d'acier portait en son sommet une enseigne lumineuse :

MEGASHOP

LE CENTRE
COMMERCIAL
DE BIG AL

Le bâtiment se dressait dans la zone actuellement occupée par la pizzeria des Tangu et par tous les immeubles acquis **frauduleusement** par Big Al !

Voilà donc quel était son plan : acheter à bas prix les magasins du quartier pour construire à leur place un CENTRE COMMERCIAL !

– Le gredin ! s'exclama Paméla.

– Quelle **canaille** ! firent les autres en écho.

– Les voilà, les preuves que nous cherchions ! dit Paulina, en **PHOTOGRAPHIANT** la maquette et la carte sur le mur avec son téléphone portable.

Mais ce n'était pas assez, pour Paméla :

– Il doit y avoir quelque part les actes de vente des maisons achetées par Big Al !

Elle recommença à fouiller mais, au lieu des documents, elle trouva une tenue d'éboueur salie de **PEINTURE** rouge et un tampon avec le symbole de **PHÉNIX**.

C'étaient les preuves ultimes : Big Al et Phénix *étaient une seule et même personne !*

INDICE

Le faux éboueur était Big Al déguisé…

… et c'était lui aussi, l'inconnu qui tamponnait les billets de menaces du symbole de Phénix !

Voici les derniers indices qui manquaient !
Le faux éboueur était en réalité Big Al déguisé,
et c'était lui aussi, l'inconnu qui tamponnait
les billets de menaces du symbole de Phénix !

BAS
LES MASQUES !

Les Téa Sisters remontèrent à l'étage supérieur :
Paméla voulait des explications. Et tout de suite !
– La PLAISANTERIE est terminée ! dit-elle en
enlevant la citrouille de la tête de Big Al.
Les Téa Sisters mirent sous le nez de Big Al les
preuves trouvées dans le souterrain.
– Que veut dire tout ceci ? demanda Pam, en lui
montrant la tenue d'éboueur.
– Et ça ? ajouta Paulina, en montrant le tampon
rouge de Phénix.
Big Al ROULA DES YEUX, rouge comme
une tomate :
– Allons, les filles ! Ce n'est p-pas ce que vous
p-pensez ! Je v-vais tout vous expliquer…
Au lieu de cela, sans finir sa phrase, Big Al

POUSSA violemment Paméla, qu'il jeta contre les frères Gas et Sam. Puis il arracha des épaules de Violet sa cape noire et prit ses jambes à son cou !

_ NE LE LAISSEZ PAS S'ÉCHAPPER !

cria Paméla, en lui courant après.

Les Téa Sisters **_s'élancèrent_** aussitôt à sa poursuite.
Elles étaient presque arrivées à sa hauteur.

G **H** **I** **L** **M**

Mais elles étaient malheureusement arrivées dans le quartier de Soho, où la parade d'HALLOWEEN passait à ce moment-là, et Big Al parvint à se noyer dans la foule.

Au milieu de cette confusion de gens MASQUÉS et de chars, il était impossible de reconnaître Big Al, enveloppé dans la cape.

– Quelle déveine, je n'arrive pas à le voir ! cria Paulina, qui se frayait un chemin parmi la foule.

– Nous l'avons perdu, SOUPIRA Violet.

Mais Paméla ne s'avouait pas vaincue. Elle monta sur le premier char qui passait : une PYRAMIDE aztèque !

Elle grimpa jusqu'au sommet, pour pouvoir REGARDER la rue de là-haut.

Elle regarda frénétiquement à droite et à gauche, et tout à coup :

– Le voilà ! Je le vois ! Il va vers Houston Street !

Mais Big Al avait déjà tourné dans une rue latérale. Là, il trouva un **4X4** ouvert, sans conducteur à l'horizon. Il en profita pour prendre la **FUITE**.

Les **TÉA SiSTERS** eurent tout juste le temps de le voir partir. Tout espoir de le rattraper semblait perdu, quand surgit un camion de **POMPIERS**.

– Shirley !!! s'écria Paméla, reconnaissant son amie au volant.

– Hé, les filles ! Qu'est-ce qui se passe ? demanda celle-ci, en se penchant par la portière.

– Big Al a volé un 4X4 pour s'enfuir ! dit Pam, en montrant la voiture qui filait au fond de la rue. Il faut l'arrêter !

– Big Al ?! C'est qui ?!

– Je t'expliquerai plus tard ! Pour l'instant, il faut le **POURSUIVRE !**

Shirley comprit aussitôt qu'il n'y avait pas de temps à perdre. Elle fit monter les Téa Sisters dans son camion et alluma la **SIRÈNE** pour partir immédiatement à la poursuite de Big Al.

Shirley **HURLA** aux filles :

– Attachez vos ceintures et accrochez-vous !

RATTRAPONS-
LE !!! ccc

Big Al filait dans les rues de NEW YORK (celles où la parade ne passait pas) à bord du **4X4**.

Le bandit, appuyant sur l'**ACCÉLÉRATEUR** à fond, essayait de s'enfiler dans les rues les plus **étroites**, pour semer le camion.

VROUOUOUOUOUM !

Chaque fois que les Téa Sisters croyaient l'avoir **RATTRAPÉ**, il trouvait le moyen de les distancer de nouveau.

Mais Shirley ne le lâchait pas !

Elle connaissait les rues de Manhattan comme

sa poche et parvenait à anticiper toutes les MANŒUVRES de Big Al.

Quand il se croyait malin en prenant une rue trop étroite pour le camion, Shirley allait l'attendre là où il sortirait forcément.

Elle se collait à lui comme le gruyère FILANT colle aux nouilles !

Ils avaient pris maintenant une rue longue et droite. Les deux véhicules étaient très proches, presque à se toucher !

SKREEEK!!!

– **ACCÉLÈRE**, Shirley, on y est presque ! cria Paméla.

– Je ne peux pas le dépasser, répondit Shirley. La rue n'est pas assez large !

Ce fut alors que Nicky intervint :

– Il suffirait de déplier la grande échelle, et je sauterai dans le **4X4** !

Shirley regarda un instant Nicky.

– C'est très **DANGEREUX**... Tu crois vraiment que tu vas y arriver ?!

Nicky lui SOURIT. Puis elle ouvrit la portière du camion qui roulait à toute vitesse et se hissa sur le toit. Elle risquait à chaque cahot de lâcher prise mais elle tint bon et parvint jusqu'à l'ÉCHELLE.

– Déplie l'échelle, Shirley ! hurla Nicky avec tout le SOUFFLE qu'elle avait dans les poumons.

Un instant interminable s'écoula puis, dans un bruit métallique, la longue échelle commença à bouger.

Fin
DE LA COURSE !

Nicky était agrippée de toutes ses forces à l'échelle, maintenant allongée au maximum.

Le **4X4**, avec Big Al au volant, était exactement en dessous d'elle.

Ils arrivaient bientôt au bout de la rue : elle allait déboucher sur **Broadway**, la rue principale de Manhattan. Une fois là, le plan de Nicky serait impossible à réaliser ! Soit elle plongeait maintenant, soit ce serait trop tard.

Nicky rassembla ses forces… et **sauta**.

Elle tomba avec un bruit **sourd** sur la banquette arrière du 4X4.

Big Al tenta de **FREINER**.

SKREEEEEEEEEEEEEEEEEEEEEEEEEEEEEEEEEEK !

Le 4X4 donna de la bande puis s'en alla encastrer son avant entre deux gros containers à ordures, qui le stoppèrent. Nicky bondit de la banquette arrière et se jeta sur Big Al.

– Terminus ! lui cria-t-elle en lui bloquant les épaules par une prise de JUDO.

Shirley et les Téa Sisters accouraient pour aider Nicky.

Big Al ne pouvait plus leur ÉCHAPPER !

– Espèces de trouble-fêtes ! J'allais enfin réaliser mon rêve...

– Et tu n'as pas **HONTE** ?! l'attaqua Paméla. Tu n'as même pas une **once** de remords pour ce que tu as fait ?! Pour tous ces braves gens que tu as obligés à partir de Tribeca ?

– Je n'ai *jamais* pu supporter Tribeca ! Tous ces petits immeubles ÉCŒURANTS « à dimension ratesque » ! Je serais devenu milliardaire ! J'aurais réalisé mon rêve : construire le plus **GRAND** centre commercial de New York ! Et j'y serais arrivé, une fois éliminé le dernier obstacle...

– Autrement dit, la pizzeria de papa ! compléta pour lui Paméla, pendant que Shirley **ATTACHAIT** les mains de Big Al bien serrées dans son dos.

Elle intervint :

– Vraiment intéressant ! La **POLICE** sera contente d'entendre ces aveux ! Je crois que le seul magasin qui risque de fermer maintenant, c'est ton agence, Big Al !

Big Al ne disait plus rien. Cette fois, ce qui
était parti en fumée, c'étaient ses plans
malhonnêtes.

– Bye bye, Phénix ! dit Shirley avec un sourire.

Les Téa Sisters et Shirley se tapèrent dans les
mains avec satisfaction.

C'EST ICI, LA FÊTE ?

Les **TÉA SISTERS** employèrent le reste de la soirée successivement à récupérer Sam et Gas, remettre Big Al à la police et leur expliquer toute l'affaire.

Mais la fête d'**HALLOWEEN** durait toute la nuit, et elles étaient bien décidées à ne plus perdre de temps !

– Et maintenant, allons faire la *fête* ! dit Pam quand elles sortirent du poste de police.

Les Téa Sisters plongèrent dans la *marée* de gens qui chantaient, dansaient, lançaient des confettis et des **SERPENTINS**.

Au milieu de toute cette allégresse, c'étaient elles les plus joyeuses. Pam, spécialement, se mit à CRIER :

– VIVE TRIBECA ! VIVE LA PIZZA DE PAPA JT !

Dans le vacarme général, personne ne comprenait ce qu'elle disait, mais tous applaudirent et se mirent à crier :

– **HOURRAH !!!**

Mais les surprises, cette nuit-là, semblaient ne pas devoir finir.

Arrivées à Tribeca, les Téa Sisters découvrirent que le spectacle organisé par Flo, Jo et Spike s'était TRANSFORMÉ en un véritable concours de danse, au rythme de la *break dance* et de la musique *hip-hop*.

De nombreux jeunes s'étaient joints à eux !

Nicky et Violet coururent chercher l'une sa guitare, l'autre son violon, et se lancèrent dans une surprenante improvisation.

Paulina et Colette se joignirent aux danses avec enthousiasme.

Mais la vraie reine de la fête, ce fut Paméla qui se DÉCHAÎNA, entourée de Spike, Sam et Gas, multipliant les acrobaties amusantes et les pirouettes **VERTIGINEUSES**.

Une sorcière, un monstre, une citrouille et Dracula... Quel spectacle !

HIP-HOP

Le hip-hop (ou *rap*) est né dans les années 70. C'est un genre musical d'origine new-yorkaise, qui s'accompagne d'une danse de rue acrobatique caractéristique appelée *break dance*.

AVANT
LE MARATHON...

Les Téa Sisters s'offrirent une journée de *détente* complète. Le marathon approchait, maintenant.

Tandis que les cinq amies se reposaient, la famille Tangu se réunit en conseil secret : il fallait organiser l'équipe spéciale des supporters de Nicky !

Ils **MOBILISÈRENT** tous leurs amis et connaissances, afin qu'il y ait du monde sur tout le parcours pour l'encourager. Grand-père Obike battit le rappel de tous ses vieux copains, pendant que les jumeaux Gus et Peggy téléphonaient à leurs camarades de la MATERNELLE !

Les sœurs de Pam étaient en train de peindre des banderoles d'encouragement, quand Paulina entra par hasard dans leur chambre :

– Qu'est-ce que vous faites de beau ?

Flo, Jo et Bess échangèrent un regard de conni-
vence, puis décidèrent de lui raconter leur secret :

– Nous voulons faire plein de **BANDEROLES** à
distribuer sur tout le parcours du *MARATHON*,
pour que Nicky n'oublie jamais que nous sommes
avec elle !

– FANTASTIQUE ! s'exclama Paulina,
enthousiaste.

– Mais nous voulions lui faire la *surprise* !
insista Bess. Ne lui dis rien, s'il te plaît !

Paulina promit :

– Je ne dirai pas un mot. Mais vous m'avez

donné une excellente IDÉE ! Je parie que beaucoup de vos amis ont des caméras et des **APPAREILS PHOTO**.

– Bien sûr ! répondit Jo.

– Bon. Nous pourrons donc filmer et photographier toute la **COURSE** de Nicky. Et moi, j'ENVERRAI les images à Raxford... quasiment en temps réel ! Comme ça, le collège aussi pourra encourager Nicky !

LE MARATHON DE NEW YORK ET SES ÉTAPES

1) Départ - 3e kilomètre : de Staten Island par le célèbre pont de Verrazano jusqu'à Brooklyn.

2) Du 3e au 24e km : traversée des districts de Brooklyn et du Queens.

3) Du 25e au 35e km : le moment le plus difficile : la traversée du pont de Queensborough et la remontée de la First Avenue jusqu'au Bronx.

4) Du 36e km à l'arrivée : parcours presque rectiligne qui se termine à Central Park.

TROIS, DEUX, UN... PARTEZ !

Et enfin, il arriva, le jour tant attendu !
Les **TÉA SISTERS** accompagnèrent Nicky à
Staten Island et la perdirent tout de suite de
VUE, si grande était la foule des sportifs qui
participaient.
Mais Shirley, qui était là comme **POMPIER**, leur
avait trouvé un emplacement vraiment unique
pour assister au départ : la benne de l'**ÉLÉVATEUR**
le plus haut des pompiers de New York !
– **VaS-y, NiCKY !** criaient les quatre amies.
La ligne de départ principale était réservée aux
champions. Nicky se retrouva coincée au
milieu de plus de 30 000 participants, tandis que
sa rivale, Helga, s'était accaparé une place beaucoup plus en avant.

Trois, deux, un... **BANG !**

Les athlètes en tête de la course envahirent le pont de Verrazano, suivis de beaucoup d'autres, coincés dans la foule, qui tentaient de se faire de la place pour accélérer le pas. Mais déjà, à la moitié du pont, la longue PROCESSION des athlètes commençait à s'étirer, laissant assez de place pour chacun.

Nicky était très concentrée : « Je ne dois pas for-

cer, se répétait-elle. Je ne dois pas **BRÛLER** tout de suite mon énergie, j'en aurai besoin plus tard ! »

Le pont de Verrazano franchi, les coureurs traversèrent les rues de Brooklyn.

Les encouragements du public étaient plus chaleureux que jamais.

Mais Nicky fut **stupéfaite** quand elle entendit son nom scandé par un mégaphone :

– *NI-CKY ! NI-CKY ! NI-CKY !*

VAS-Y, NICKY !

Nicky aperçut dans le public Gas, Flo et Jo qui agitaient les bras pour qu'elle les voie. Au-dessus d'eux FLOTTAIT une grande banderole sur laquelle était écrit :

VAS-Y, NICKY !

Quel regain d'énergie dans ses jambes, tout à coup ! Elle se sentait des ailes aux pieds et commença à dépasser d'autres MARATHONIENS, puis d'autres encore et encore.

Et soudain, le voilà devant elle, le maillot aux couleurs bleu et argent du SOURIDGE COLLEGE !

« Helga ! » se dit-elle intérieurement, et elle allongea encore sa foulée pour la rattraper.

Nicky conserva sa VITESSE et se maintint à distance d'Helga pour pouvoir la contrôler.

À cette vitesse, les kilomètres (calculés en milles*) se succédaient *RAPIDEMENT.*

À un moment donné, Nicky aperçut la **silhouette** du pont de Queensborough, qui les conduirait à **MANHATTAN**. Elle se souvint d'avoir lu quelque part que « Manhattan » était un mot d'origine indienne qui voulait dire « île des collines ». « Collines ! » pensa-t-elle, et ses pieds se firent brusquement lourds comme du **PLOMB**, à la pensée des MONTÉES et DESCENTES qu'elle allait devoir affronter.

La fatigue l'assaillit plus tôt que prévu et elle **S'EFFRAYA**. Où trouverait-elle la force d'arriver jusqu'au bout ?!

Elle aperçut un point de ravitaillement sur le bord du parcours.

Elle courut jusque-là et attrapa au vol un verre de thé et une éponge trempée pour se rafraîchir la tête.

Helga aussi avait profité du point de ravitaillement pour boire. Et quand elle se retourna, elle vit Nicky qui courait juste derrière elle !

* Un *mille* correspond à 1 609,34 mètres.

C'était ce moment-là que Téa Stilton, à **RAXFORD**, avait vu sur l'écran géant.

– Vas-y, Raxford ! avait crié Téa, et ce fut comme si Nicky l'avait entendue.

C'était au tour d'Helga de **SERRER** les dents, on le voyait à sa foulée, qui devenait plus lourde.

Elles étaient sur First Avenue* : une longue LIGNE DROITE toute en montées et descentes, et elles abordaient le trentième kilomètre.

Helga RALENTISSAIT de plus en plus. C'était le bon moment pour la dépasser.

Nicky aperçut une autre banderole :

Fais-nous rêver, Nicky !!!

Elle sourit et se prépara à dépasser Helga. Mais ce fut alors que son pied glissa sur une éponge MOUILLÉE...

* « La Première Avenue », en anglais.

FIN

LE DUEL

Nicky glissa en plaçant mal son pied : elle sentit soudain une douleur lancinante dans la cheville.

Son **cœur** se mit à battre comme un fou : « Non ! Pas d'accident, *pas maintenant !* Pas au **MARATHON** de New York ! » se dit-elle.

Elle recommença à courir, un peu plus **DOUCEMENT**. Elle sentait des *élancements* dans sa cheville mais ce n'était sans doute qu'une légère foulure. Si elle continuait à courir et à la maintenir en mouvement, elle pouvait peut-être y arriver !

Mais Helga l'avait de nouveau distancée…

Grand-père Obike et ses vieux copains, quant à eux, s'étaient **POSTÉS** dès l'aube à l'entrée de Central Park pour s'emparer des meilleures

places et voir l'arrivée des premiers marathoniens.

Ils virent arriver le **Vainqueur**, un Kenyan,
qui franchit la ligne d'arrivée avec un temps de
2 heures et 8 minutes. Puis la première rongeuse,
à 2 heures et 20 minutes. Les **athlètes** pas-
saient devant eux, fatigués mais joyeux.

Au bout d'une heure environ, grand-père Obike
aperçut enfin Nicky dans la foule des marathoniens qui arrivaient à Central Park. Aussitôt,
il se lança dans un grand concert de coups de sif-
flet et de trompe.

POOOON-POOON-POOON ! PIIIIRIIIIIIP !

Grand-père Obike **AGITAIT** un fanion aux couleurs de Raxford et criait :

–**Allez, Nicky ! Envole-toi ! T'es presque
arrivée !**

Nicky n'en croyait pas ses yeux, de voir toutes ces
personnes qui s'étaient déplacées pour elle.
Comment aurait-elle pu **décevoir** des suppor-

ters si enthousiastes ? Elle n'avait plus beaucoup à courir maintenant. Elle ferait appel à toute son **ÉNERGIE** !

Nicky aperçut de nouveau Helga devant elle. Elle avait une foulée **LOURDE** et elle tentait de pousser du coude un athlète qui courait à sa hauteur. Quel geste anti-sportif !

Mais Helga récolta bientôt ce qu'elle avait semé : l'athlète s'étant écarté au dernier moment, elle perdit l'équilibre et se retrouva les quatre fers en l'**AIR**.

« Œil pour œil, dent pour dent ! » aurait dit Violet. Et Nicky sentit comme une bouffée

d'**ALLÉGRESSE** et une grande envie de rire. Arrivée à la hauteur d'Helga, elle lui tendit la main pour l'aider à se relever. Incrédule, Helga, qui n'avait plus de SOUFFLE, ne réussit même pas à bafouiller un « merci ! ».

Nicky lui **SOURIT** et recommença à courir, lancée maintenant. Elle parcourut la dernière partie du trajet comme en volant.

Et quand elle vit Paméla, Paulina, Violet et Colette qui agitaient les bras en tout sens au milieu de la foule qui ne cessait d'*applaudir*, elle sourit et les salua.

ELLE ÉTAIT ARRIVÉE   **ELLE AVAIT RÉUSSI**

Devant elle, elle vit briller l'inscription :

FINISH !

Elle avait franchi la ligne d'arrivée.
Elle avait remporté *son* marathon !!

BRAVO !

Quelques minutes plus tard, Helga franchissait à son tour la ligne d'arrivée. Mais pour une fois, elle était *tranquille* et SOURIANTE. Aussitôt, elle alla vers Nicky et lui serra la main !
– Bravo, lui dit-elle. Tu as vraiment fait une belle

COURSE. Mais dis-moi, quel est ton secret ? Tu suis un régime **spécial** ?

Nicky, embarrassée, s'apprêtait à répondre quand surgirent soudain les Téa Sisters, qui la couvrirent de **baisers**.

Puis arriva la famille Tangu, avec tous leurs amis, les supporters de Nicky. Vince la **souleva** au-dessus de sa tête en criant :

– Tout le monde à la pizzeria pour *fêter* ça !

Nicky se retourna et vit Helga qui s'éloignait.
Alors elle demanda qu'on la descende et la rejoignit :

– Je ne suis aucun régime spécial, Helga. Ce qui m'a vraiment aidée à COURIR, c'est l'amitié ! Il n'y a pas d'énergie plus puissante au monde ! Tu veux essayer ? Viens faire la fête avec nous !

– Je ne peux pas, dit Helga, en lançant un coup d'ŒIL vers son père, qui l'attendait non loin de là, l'air SÉVÈRE. Mais je te remercie de m'avoir invitée. Et merci de m'avoir confié ton secret. Au revoir, Nicky ! Tu m'as beaucoup appris. Tu es vraiment une fille **SPÉCIALE** !

Pizza Party

Dans la pizzeria des Tangu, une *fantastique* « pizza party » était déjà préparée.

Les frères de Paméla improvisèrent même une *fantasouristique* chanson qui était de bon augure : le rap des **TÉA SISTERS** !

LE RAP DES TÉA SISTERS

PAMÉLA ET SES AMIES
AVEC UN GRAND COURAGE
ONT DÉCOUVERT PHÉNIX
CETTE CANAILLE SAUVAGE

À PRÉSENT TOUS EN CHŒUR
VOUS SOUHAITONS BON VOYAGE
DES VICTOIRES EN DOUCEUR
ET PLEIN DE GROS FROMAGES !

TÉA SISTERS EST LEUR NOM
CINQ AMIES GENTILLES ET FIÈRES
AUSSI BONNES QU'UN CAMEMBERT
QUE JAMAIS NOUS N'OUBLIERONS !

Elles étaient encore en train de faire la fête, quand le téléphone portable de Paulina sonna.

C'était le *recteur* de Raxford, qui voulait parler à Nicky.

– Magnifique **COURSE**, Nicky !

Tu as dépassé la concurrente du Souridge, c'est tout à ton honneur. Mais le plus beau geste, le plus **SPORTIF**, tu l'as fait quand tu l'as aidée à se relever. Bravo, Nicky ! Je suis fier de toi. Maintenant, je vais te passer quelqu'un qui veut te dire bonjour !

Quelques secondes plus tard, Nicky entendit :

– **BRAVO** !!!

– **Téa** ?! C'est *vraiment* toi ?

– Bien sûr ! J'ai suivi ta course le **SOUFFLE** coupé ! Tu as été

magnifique ! Et j'ai appris aussi qu'avec les Téa Sisters vous avez résolu un nouveau mystère ?

– Oui, nous te raconterons tout à notre retour !

Après ce coup de fil *émouvant*, JT demanda à tous de sortir pour admirer la nouvelle **ENSEIGNE** de la pizzeria, encore recouverte d'un drap.

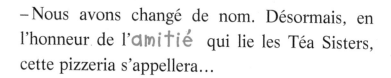

– Nous avons changé de nom. Désormais, en l'honneur de l'**amitié** qui lie les Téa Sisters, cette pizzeria s'appellera...

PIZZA DE L'AMITIÉ !

Les **TÉA SISTERS** applaudirent et s'embrassèrent.

C'était vraiment un *merveilleux* cadeau, au nom de leur *merveilleuse* amitié !

Mieux que des amies. Des sœurs !

NEW YORK
La Grosse Pomme

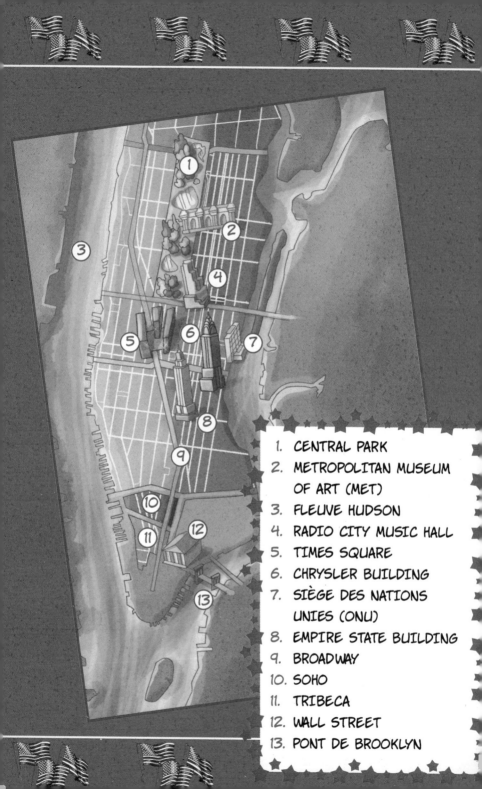

1. CENTRAL PARK
2. METROPOLITAN MUSEUM OF ART (MET)
3. FLEUVE HUDSON
4. RADIO CITY MUSIC HALL
5. TIMES SQUARE
6. CHRYSLER BUILDING
7. SIÈGE DES NATIONS UNIES (ONU)
8. EMPIRE STATE BUILDING
9. BROADWAY
10. SOHO
11. TRIBECA
12. WALL STREET
13. PONT DE BROOKLYN

NEW YORK

New York se trouve sur la côte Est du continent américain, à l'embouchure de l'Hudson (fleuve qui tient son nom du navigateur anglais Henry Hudson). Sa surface comprend également des îles, dont Manhattan, Staten Island et Ellis Island. *Island*, en anglais, veut simplement dire « île » !

New York fut d'abord baptisée par les Hollandais, en 1614, du nom de *Nieuewe Amsterdam* (qui veut dire « Nouvelle Amsterdam »). Elle fut ensuite occupée par les Anglais, qui l'appelèrent New York (c'est-à-dire la « Nouvelle York », en l'honneur du duc d'York, frère du roi d'Angleterre et futur roi lui-même, sous le nom de Jacques II). En 1783, New York et les 13 autres colonies anglaises originelles obtinrent de l'Angleterre leur indépendance. C'était la naissance des États-Unis d'Amérique, avec leur premier président, **George Washington (1789)**. Le symbole des États-Unis est l'aigle à tête blanche.

New York est la ville la plus peuplée des États-Unis d'Amérique. Elle compte huit millions d'habitants, répartis dans les cinq districts de Brooklyn, Queens, Manhattan, Bronx et Staten Island. La population est constituée d'immigrés (italiens, africains, espagnols, allemands, asiatiques) qui contribuent à lui donner son esprit multi-ethnique. Leur histoire est rappelée dans le grand Musée de l'Immigration, qui se trouve à Ellis Island.

New York est appelée « La Grosse Pomme » depuis qu'en 1909 un écrivain américain, Edward S. Martin, compara la ville à un pommier dont les racines étaient dans la vallée du Mississippi et dont le fruit était, précisément, New York. Cette expression fut reprise dans les années 20 et 40 pour désigner les opportunités de succès que la ville pouvait offrir (et offre encore) à ceux qui y vivent et qui y travaillent.

NEW YORK...
à table !

Quand je suis à New York, j'aime beaucoup cuisiner pour mes amis et ma famille ! Je ne suis pas une grande cuisinière mais il y a certains plats que je réussis très bien !
Mais attention : si tu veux essayer ces recettes, fais-toi aider par un adulte !

Pendant de nombreuses années, la nourriture préférée des voyageurs anglais qui, au XVIIᵉ siècle, débarquèrent sur la terre américaine fut la dinde, à la chair très nourrissante. La dinde rôtie est encore aujourd'hui le plat traditionnel de la fête de *Thanksgiving* (qui veut dire « Action de grâces », une prière de remerciement à Dieu), célébrée le quatrième jeudi de novembre, où l'on continue d'exprimer ses remerciements pour le don de cette nourriture !
Le meilleur est la farce. Cuisinée selon la recette de ma maman, Thandi, elle est vraiment délicieuse, et très nourrissante : elle contient du beurre, des châtaignes, des pignons, du riz, des pommes râpées et… des miettes de pain !

TARTE AUX POMMES

Ingrédients : 200 g de farine, 150 g de sucre, 2 œufs entiers, une cuillerée d'huile, 1/2 sachet de levure pour gâteaux, 1 citron, 1 petit bol de lait, 4 pommes.

Préparation : bats les œufs à la fourchette avec le sucre, ajoute l'huile, le jus du citron et son écorce râpée, la farine et la levure, diluées auparavant dans le lait. Verse le tout dans un plat à tarte beurré et fariné, pose dessus les pommes coupées en rondelles. Mets au four à 180° pendant 35 minutes.

PANCAKES

Ingrédients (pour 4 personnes) : 280 g de farine, une petite cuillerée de levure pour gâteaux, une petite cuillerée de sucre et une de sel, 1/2 litre de lait, 3 œufs, une cuillerée d'huile et une de beurre fondu, du sirop d'érable.

Préparation : prépare la pâte en mélangeant dans un saladier la farine, la levure, le sucre et le sel. Ajoute ensuite le lait, les œufs puis le beurre fondu. Verse l'huile dans une poêle que tu fais chauffer, puis une cuillerée de la pâte que tu as préparée, qui forme alors un beignet, et fais-le cuire 3 minutes de chaque côté. Sers les pancakes arrosés de sirop d'érable.

NEW YORK...
New York!

LA STATUE DE LA LIBERTÉ

Appelée aussi *Lady Liberty*, elle est placée exactement à l'entrée du port, sur l'Hudson. Haute de 93 mètres, elle fut offerte par la France aux États-Unis à l'occasion du centenaire de l'Indépendance américaine, en 1876 (mais n'arriva… que quelques années après, en raison des difficultés de réalisation d'une œuvre aussi imposante). La statue représente une femme qui tient dans sa main droite un flambeau (symbole de la Liberté) et dans l'autre la Déclaration d'indépendance. Sa couronne comporte 7 pointes, symbolisant les 7 océans et les 7 continents. À l'intérieur de la couronne se trouve… un restaurant, qui offre une vue splendide sur la ville.

BROADWAY

C'est la rue de New York qui traverse Manhattan du sud au nord, célèbre pour ses théâtres. Le spectacle typique des nuits new-yorkaises est le *musical* (abréviation de « comédie musicale »), un mélange de comédie, de musique, de chants et de danses. Le premier *musical* date de 1866. Depuis, on en a représenté des centaines, parmi lesquels les célèbres *Cats*, *Grease* et *Le Fantôme de l'Opéra*.

GREENWICH VILLAGE

C'est le quartier des artistes. Dans les années 50, il fut habité par des étudiants, des musiciens, des écrivains, des peintres et des poètes qui y menaient une vie libre et insouciante. C'est là que naquit la génération *beat* (qui veut dire « battement », « rythme musical », celui du *jazz* ou du *be-bop*).

PONT DE BROOKLYN

Le spectaculaire pont d'acier, qui relie le quartier de Brooklyn à celui de Manhattan, traverse l'East River (la « Rivière de l'Est »). Commencé en 1869, il fut inauguré en 1883. Il est long de 2 km et comporte 6 voies de circulation.

NEW YORK...
Musées

MET

Le Metropolitan Museum of Art (MET) est un des plus grands et des plus complets musées d'art et d'histoire du monde. Situé sur la 5e Avenue, il est né en 1870 grâce à des donations privées de citoyens américains. Il contient aussi bien des objets de l'Antiquité qu'un grand nombre d'œuvres des plus grands peintres : Le Caravage, Botticelli, Gauguin, Picasso et beaucoup d'autres.

GUGGENHEIM

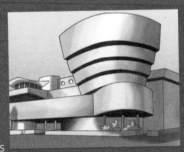

Un autre musée important situé sur la 5e Avenue est le Musée Guggenheim, où sont exposées d'importantes collections d'art moderne. Le bâtiment a été conçu par le célèbre architecte Frank Lloyd Wright et il a une forme « en spirale ». Inauguré en 1959, il abrite les œuvres des différents courants artistiques contemporains.

MOMA

Le Museum of Modern Art (MoMA) est une construction moderne en verre et acier, inaugurée en 1929, qui renferme de nombreuses expositions d'objets et d'œuvres d'art des XIXe et XXe siècle. À ne pas rater : la riche exposition de photographies mais surtout les pellicules originales des tout premiers films tournés à la fin du XIXe siècle.

NEW YORK...
Immeubles

WALL STREET

C'est une des rues les plus célèbres de New York car elle est le siège de la Bourse, c'est-à-dire un endroit où les chefs d'entreprise du monde entier se rencontrent pour faire des affaires.

Le nom de Wall Street, en anglais, veut dire la « Rue du Mur ». Dans cette rue se dressait en effet un mur qui fut abattu en 1699.

À cet endroit se trouvait un grand platane sous lequel se réunissaient les marchands et les hommes d'affaires. Et ce quartier de Wall Street est resté, au fil du temps, le quartier où les affaires se traitent.

TIMES SQUARE

C'est un des endroits les plus connus de Manhattan. Au début du xxᵉ siècle, Adolph Ochs y installa le siège de son journal, le célèbre *New York Times*. Le bâtiment qui abritait la rédaction s'appelait *On Times Square* (*square* veut dire « place ») mais c'est ensuite toute la zone qui prit le nom de Times Square, qu'elle continue de porter. À Times Square sont célébrés des événements de toute sorte, mais c'est surtout la nuit du 31 décembre que les New-Yorkais s'y réunissent pour fêter l'arrivée de la nouvelle année.

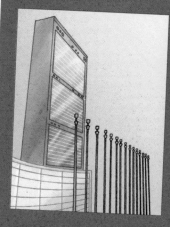

LE PALAIS DE VERRE

C'est ainsi qu'on appelle l'ensemble de bâtiments qui abritent le siège de l'Organisation des Nations Unies (O.N.U.). Inauguré en 1951, il a été construit grâce à de généreuses donations du milliardaire Rockefeller Jr. L'architecte qui a réalisé ce projet est Oscar Niemeyer.

L'ONU prend des décisions importantes pour la sauvegarde de la paix et du bien-être sur la planète, et intervient pour encourager l'instruction dans les pays les plus pauvres et pour la défense des Droits de l'Homme.

TOUR CHRYSLER

C'est une des principales attractions de New York. La construction tire son nom de Walter Percy Chrysler, qui voulait un siège pour ses industries automobiles. Les travaux commencèrent en 1928 et se terminèrent en 1930. La Tour se trouve à Manhattan, tout près d'un autre célèbre gratte-ciel, l'Empire State Building. Le Chrysler Building (*building*, rappelle-toi, veut dire « bâtiment ») est haut de 319 mètres et compte 77 étages et 34 ascenseurs. Il n'y a pas de terrasse ni de restaurant aux étages les plus élevés mais une énorme pointe en acier longue de 56 mètres. Le Chrysler resta le plus haut gratte-ciel de New York jusqu'en 1931, quand fut construit l'Empire State Building, qui le dépassa de 62 mètres.

TÉA SiSTERS

JOURNAL
à
dix pattes !

HALLOWEEN, J'AD♥RE !

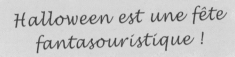

Halloween est une fête fantasouristique !

C'est la nuit des sorcières, des vampires, des monstres et de tout ce qui peut faire hurler de frayeur !
Mais c'est surtout la fête des farces et des déguisements !
Sans oublier les lanternes dans les citrouilles, les petits gâteaux et les décorations, qui font d'Halloween notre fête préférée !

La dernière fois que nous avons fêté Halloween, ce fut une soirée inoubliable ! Nous nous sommes amusées comme des folles, mais nous avions travaillé dur pour que tout soit parfait ! Ça en valait la peine !
Si tu veux organiser, toi aussi, une fête d'Halloween mémorable, suis attentivement nos conseils et souviens-toi de te faire toujours aider par un adulte !

Brrr...
Quelles invitations !

Quand tu organises une fête d'Halloween, tu dois avant tout penser aux invitations. Voici quelques idées pour les faire toi-même. Prends du papier de couleur orange et de couleur noire, une paire de ciseaux à bout rond et du carton.

1. Dessine sur le carton la silhouette de la chauve-souris et celle de la citrouille, puis fais-toi aider par un adulte pour les découper en suivant les contours du dessin.

2. Prends une feuille de papier noir et plie-la en deux. Pose dessus la moitié de la silhouette en carton que tu as réalisée. Dessine la moitié de chauve-souris en suivant au crayon les bords de la silhouette en carton.

3. Découpe maintenant la silhouette en laissant la feuille pliée en deux, puis ouvre la feuille et écris ton invitation-frisson à l'intérieur de la feuille en forme de chauve-souris ! Rappelle-toi de bien indiquer ton adresse et l'heure de la fête !

4. Répète la même opération avec la silhouette de la citrouille et le papier de couleur orange : tu auras ainsi deux sortes d'invitation différentes à distribuer à tes amis !

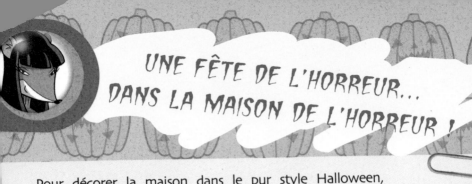

UNE FÊTE DE L'HORREUR...
DANS LA MAISON DE L'HORREUR !

Pour décorer la maison dans le pur style Halloween, j'ai utilisé du tulle noir ou violet. J'ai posé le tissu par-dessus le dossier des chaises, en le fixant en bas par un ruban doré auquel j'ai fait un nœud géant.

Si tu veux ajouter une touche supplémentaire, tu peux fixer sur le tissu des araignées ou des petits serpents en plastique, que tu colles avec du ruban adhésif double face.

Indispensable : une bande sonore qui fait peur, pour bien accueillir tes invités !

Sais-tu que :

... si tu verses du riz cru dans une casserole d'aluminium, tu reproduis le bruit de la pluie...

... si tu froisses du papier cellophane, tu reproduis le bruit d'un feu de bois...

... si tu secoues fort un sac en plastique, tu fais le bruit de la chauve-souris...

... et si tu enregistres tous ces effets sonores sur un CD et que tu les fais entendre à tes invités, toutes lumières éteintes, pendant la fête d'Halloween, tu remporteras un franc succès !

Impossible de fêter Halloween sans une lanterne ! De quoi est-ce que je parle ? Mais de la lanterne-citrouille, voyons ! Ce n'est pas difficile d'en réaliser une, mais tu dois te faire aider par un adulte !

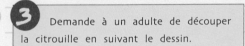

Voici comment faire :

1 Prends une belle citrouille bien grosse. Fais découper par un adulte la partie supérieure et mets-la de côté (tu verras ensuite pourquoi).

2 Vide la citrouille de sa pulpe (mais ne la jette pas ! tu l'utiliseras ensuite pour faire les gâteaux) et dessine au feutre les yeux, le nez et la bouche.

3 Demande à un adulte de découper la citrouille en suivant le dessin.

4 Avec un adulte, installe une bougie allumée à l'intérieur de la citrouille et referme celle-ci avec la partie supérieure découpée au début. Éteins la lumière et... brrrrr !
Bon Halloween !
MAIS ATTENTION : NE LAISSE JAMAIS LA BOUGIE SANS SURVEILLANCE !

J'ai découvert que les empreintes de pas des monstres sont irrésistiblement effrayantes ! Voici comment les faire :

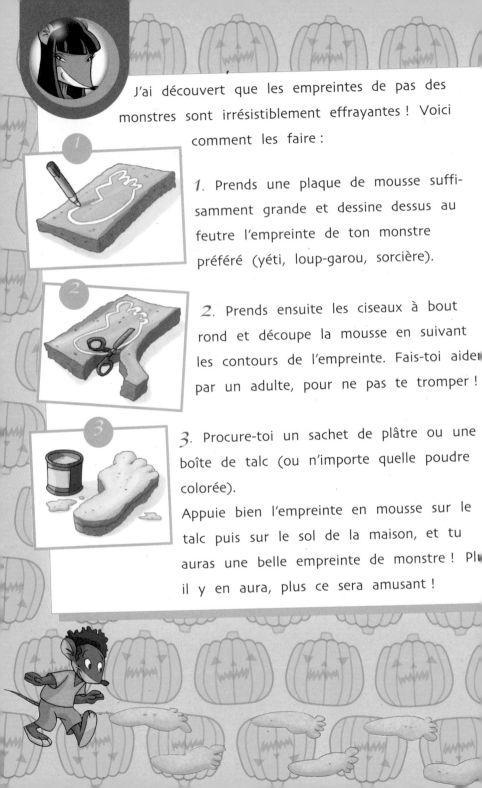

1. Prends une plaque de mousse suffisamment grande et dessine dessus au feutre l'empreinte de ton monstre préféré (yéti, loup-garou, sorcière).

2. Prends ensuite les ciseaux à bout rond et découpe la mousse en suivant les contours de l'empreinte. Fais-toi aider par un adulte, pour ne pas te tromper !

3. Procure-toi un sachet de plâtre ou une boîte de talc (ou n'importe quelle poudre colorée).
Appuie bien l'empreinte en mousse sur le talc puis sur le sol de la maison, et tu auras une belle empreinte de monstre ! Plu il y en aura, plus ce sera amusant !

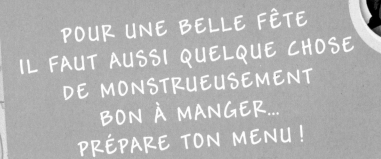

POUR UNE BELLE FÊTE IL FAUT AUSSI QUELQUE CHOSE DE MONSTRUEUSEMENT BON À MANGER... PRÉPARE TON MENU !

Voilà comment j'ai fait :

1) J'ai pris une feuille de papier blanc et je l'ai fait jaunir en la trempant pendant quelques instants dans du thé.

2) Quand la feuille a été sèche, j'ai dessiné une bordure avec des chauves-souris et de petits fantômes.

3) En bas, j'ai dessiné la forme d'une citrouille découpée.

4) J'ai brûlé les bords de la feuille, en les faisant passer au-dessus d'une bougie (fais-toi aider par un adulte pour cette opération !).

5) Au milieu, j'ai écrit le menu, en utilisant un cure-dent trempé dans l'encre rouge.

POUR UNE BELLE
FÊTE
IL FAUT AUSSI
QUEQUE CHOSE DE
MONSTRUEUSEMENT
BON À MANGER...
PRÉPARE TON MENU !

Souviens-toi de te faire aider par un adulte pour cuisiner !

PETITS OS DU CIMETIÈRE

INGRÉDIENTS :

1 kg de farine, 150 g de fécule, 6 blancs d'œufs et 2 jaunes, 500 g de beurre, 600 g de sucre, de la levure pour gâteaux, 1 kg de pulpe de citrouille, bouillie et écrasée.

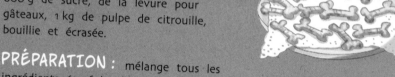

PRÉPARATION : mélange tous les ingrédients (sauf les blancs d'œufs) dans un saladier et laisse reposer une demi-heure. Étale la pâte sur une table où tu auras mis un peu de farine. Pour donner au biscuit une forme d'os, utilise un bout de carton sur lequel tu as dessiné un os que tu as ensuite découpé (comme pour les invitations en forme de chauve-souris). Pose cette forme en carton sur la pâte, et fais-toi aider par un adulte pour découper la pâte en suivant le bord extérieur du carton. Dispose les biscuits ainsi découpés sur la plaque du four enduite de beurre. Bats les blancs et passe-les au pinceau sur les biscuits, puis mets la plaque au four et fais cuire à 150° pendant une demi-heure (vérifie de temps en temps la cuisson).

SERPENTEAUX VERTS MIXÉS

Verse dans le mixeur 2 pots de yaourt nature, 4 bonnes cuillerées de glace à la menthe, 1 tasse de sirop de menthe et du colorant alimentaire vert pour pâtisserie. Mixe ensemble tous ces ingrédients puis verse le liquide dans une boîte hermétique, que tu mettras dans le freezer du réfrigérateur. Attends quelques heures, et tes serpenteaux verts mixés seront prêts à être mangés.

AILES DE CHAUVE-SOURIS

Mets 250 g de farine de riz dans un saladier, ajoute de l'eau froide et mélange bien, jusqu'à avoir une pâte crémeuse. Verse un peu de pâte dans une poêle huilée, de façon à former une crêpe. Quand toutes les crêpes seront cuites, fais-toi aider par un adulte pour découper des formes qui ressemblent à des ailes de chauve-souris. Avec un peu de sauce tomate, l'effet terreur est garanti !

PUPILLES CROQUANTES

Prends de beaux radis ronds et enlève la peau. Coupe-les en deux. Pose dessus une rondelle de betterave et une câpre pour faire la pupille. Sers-les sur un plat de chair de crabe.

JUS DE VERMISSEAUX

Rien de plus facile : il suffit de verser dans une grande carafe de jus d'orange rouge un litre d'eau gazeuse ou de limonade.

DES BONBONS OU LA VIE?

L'origine de l'expression «Des bonbons ou la vie?» remonte au temps où les mendiants avaient l'habitude d'aller de maison en maison pour demander l'aumône d'un morceau de pain. Selon une autre version, cette tradition serait née chez les Celtes qui, pour se protéger des mauvais tours que leur jouaient les fées, leur donnaient de la nourriture ou du lait, qu'ils laissaient pour elles dans les bois.

En souvenir de ces traditions, le soir d'Halloween, on doit se déguiser de la façon la plus terrifiante possible et frapper aux portes des maisons en demandant : «Des bonbons ou la vie?».
Plus tu feras peur, plus tu recevras de bonbons! Et le sais-tu? Les bonbons sont meilleurs si on les mange en bonne compagnie, et surtout en faisant attention! Fais-toi indiquer par tes parents quels bonbons tu peux manger, tu éviteras ainsi d'avoir mal aux dents!

ÉPOUVANTAIL

1

Prends une veste et un pantalon. Mais attention : ils doivent être très vieux et usés! S'ils ont des trous, c'est encore mieux!

2

Découpe des carrés et des rectangles de tissu de couleur et colle-les dessus comme si c'étaient des rapiéçages.

3

Puis prends un peu de paille et colle-la dans les manches de la veste et dans les jambes du pantalon.

4

Complète ton costume par un vieux chapeau et un balai de crin…
ET VOILÀ !

MOMIE

Bravo ! Si tu as choisi ce déguisement,
cela veut dire que tu as beaucoup
de courage et que tu es bien décidée
à faire très très très peur !

1

Procure-toi
des collants et un pull à col roulé
blancs, qui seront la base
de ton costume (et qui te tiendront
chaud !), et un vieux drap blanc
prêt à être jeté.

2

Plonge le drap une nuit
entière dans une cuvette remplie
d'eau chaude où tu auras versé
un peu de thé. Une fois sec,
découpe-le en petites bandes
étroites et longues.

3

Enfile les collants
et le pull et enroule les
bandelettes sur toi en commençant
par les pieds. Quand une bande
se termine, fixe-la avec un peu de
ruban adhésif double-face.

4

Comme maquillage, utilise
du fond de teint très pâle et
dessine-toi deux yeux très cernés à
l'aide d'un bouchon de liège brûlé.
N'oublie surtout pas le rouge à
lèvres violet !

FEMME VAMPIRE

Étant donné ma passion bien connue pour le violet, je ne pouvais me déguiser qu'en femme vampire ! Ce fut très facile à réaliser, et très amusant aussi ! Je vais t'expliquer comment j'ai fait...

1
Prends une robe longue entièrement noire qui te descend jusqu'aux pieds et réalise, avec du tulle violet, un « châle » élégant que tu fixeras sur le devant par une broche.

2
Trouve-toi des chaussures noires pointues, puis achète dans un magasin des dents de vampire. Trouve une jolie perruque noire et du vernis à ongles noir.

3
Le plus beau, c'est le maquillage : utilise beaucoup de fond de teint très pâle. Mets de l'ombre à paupières violette et rouge, et du rouge à lèvres très rouge... effet garanti !

PIRATE

Si tu as l'esprit entreprenant comme moi, habille-toi en pirate ! J'ai choisi de me déguiser en pirate des Sept Mers mais mon personnage, Loulou, est une pirate qui a du style ! Suis mes conseils !

2

Mets des bottines noires ou des mocassins. Noue autour de ta taille un foulard rose bonbon. Pour le bandeau, découpe une pièce de tissu en forme de cœur dans du tissu rose avec deux bandelettes pour l'attacher.

1

Enfile une chemise rose à « jabot », un gilet rose, un pantalon noir (ou même un jean) enroulé jusqu'aux genoux et des collants ou des chaussettes à rayures rose et blanc.

3

Prends un foulard (pas besoin de te préciser la couleur, n'est-ce pas ?) et noue-le sur ta tête comme sur le dessin ci-contre. Complète ton déguisement par une épée en plastique et un bel anneau d'or à une oreille.

SORCIÈRE

Halloween est la fête des sorcières et ce costume est une vraie garantie de succès ! Si tu veux te déguiser toi aussi en sorcière, suis bien tous mes conseils !

1
Prends une longue robe noire. Avec du tissu noir léger, confectionne une cape que tu fermeras par une broche. Complète ta tenue par de longs gants noirs et des bottines noires.

2
Procure-toi une perruque violette et un chapeau pointu (une sorcière ne peut pas s'en passer) et remplis un panier de serpents en plastique, de fausses araignées et autres « sorcelleries » !

3
Comme maquillage, utilise un fond de teint grisâtre. Mets de l'ombre à paupières noire et dessine une toile d'araignée sur ta joue en te servant du crayon noir pour les yeux.

LES CONSEILS DE COLETTE

J'aime bien tout faire moi-même, et pour me maquiller aussi j'utilise des produits entièrement naturels.

Il suffit de mélanger : 1 cuillerée de yaourt nature (non sucré), 1 cuillerée d'eau, 1 cuillerée d'argile rouge en poudre (on en trouve dans les herboristeries ou les magasins de produits bio), un peu de colorant alimentaire pour pâtisserie. J'ai ainsi obtenu une pâte que j'ai étalée sur mon visage : un fond de teint parfait pour Halloween ! Souviens-toi d'éviter la zone des yeux et des lèvres.

Conseils pour après la fête : démaquille-toi de façon naturelle !

PRÉPARATION : fais-toi aider par un adulte et mets à bouillir 2 cuillerées de fleurs de camomille dans 1/2 litre de lait puis laisse refroidir. Filtre le tout (tu peux aussi te servir d'un linge propre) et tu auras créé ta crème détergente personnelle !

COMMENT L'UTILISER : passe la crème avec un coton sur ton visage et ton cou chaque soir avant d'aller te coucher.

Pour te peindre le visage, utilise du shampoing non irritant pour bébé, mélangé à de la peinture à l'eau non toxique.

Naturellement, tu feras des mélanges pour obtenir la couleur que tu veux ! C'est facile, sans danger, et ça s'enlève facilement !

ET MAINTENANT... ON JOUE !

LA TÊTE DE MORT QUI BRÛLE

Asseyez-vous tous en rond. Au signal, tu fais partir une musique lugubre, pendant laquelle vous devez vous passer de main en main une tête de mort en plastique. Tu arrêtes la musique brusquement, et celui qui a le crâne dans les mains à ce moment-là doit sortir du jeu. Le vainqueur est celui qui reste le dernier.

CHASSE AU FANTÔME

Découpe plein de petits fantômes dans du carton, avec leurs yeux et leur bouche, et cache-les dans toute la maison, dans des endroits que toi seule connais. Les joueurs se divisent en équipes de « chasseurs de fantômes », qui devront retrouver tous les fantômes en suivant les indices que tu leur donneras sous forme de devinettes mystérieuses. L'équipe qui gagne est celle qui a trouvé le plus de fantômes. Pour la récompense, à toi de voir : un sac de pièces en chocolat ou une montagne de bonbons !

ET MAINTENANT...
ON JOUE !

LES FAISEURS DE MOMIE

Divisez-vous en groupes de deux et distribue à chacun de tes invités un rouleau de papier toilette. Au signal, chacun doit « momifier » son compagnon et se faire momifier à son tour par lui. Le couple gagnant est celui qui a terminé le premier les deux rouleaux de papier toilette !

REMPLIS-CITROUILLE

Séparez-vous en équipes de 4-5 joueurs. Chaque équipe doit désigner un capitaine, qui tiendra entre ses mains une citrouille vide (elle peut aussi être en plastique) et devra se placer à quelques mètres de ses compagnons. Chaque groupe aura un sachet de pop-corn ou de dragées en chocolat, qu'il devra lancer dans la citrouille de son capitaine pendant un temps donné (par exemple, le temps d'une chanson). Le vainqueur est le groupe qui réussit à remplir le plus sa citrouille.

DES CADEAUX "MONSTRUEUX" !

MONSTRES À LA CUILLÈRE

Prends des cuillères en plastique blanc et procure-toi des restes de tissu de différentes couleurs, des bristols de couleur aussi, du papier crépon, des pinceaux, de la colle, des ciseaux à bout rond, de la pâte à modeler, et tout ce que tu réussiras à trouver dans la maison qui stimulera ton imagination.

1 Pour le visage, travaille sur la partie bombée de la cuillère. Recouvre-la de tissu, sur lequel tu dessineras les yeux, la bouche et le nez. Tu peux t'amuser à faire un vampire, un monstre, une sorcière, un fantôme, un gros œil.

2 Fixe le tissu avec du ruban adhésif et installe le « vêtement » autour du manche en te servant d'un bout de tissu d'une autre couleur, que tu fixeras par un ruban ou un cordon. Simple, non ? Pour faire les yeux, les cheveux ou d'autres accessoires, tu peux utiliser de la pâte à modeler.

DES CADEAUX "MONSTRUEUX" !

ARAIGNÉES DÉGOÛTANTES

Matériel : de la laine noire, 1 bout de carton rectangulaire long de 7 cm et large de 5, des liens en plastique rigides pour fermeture de sacs, des yeux en plastique, du carton rouge, de la colle.

1

Enroule la laine autour du carton jusqu'à le recouvrir entièrement. Quand tu as fini, retire doucement le carton.

2

Dispose trois liens en plastique rigide de même longueur à côté du petit écheveau de laine et attache le tout ensemble par un bout de laine noire en serrant bien fort et avec un nœud au milieu. Ce fil de laine doit être assez long car il servira à suspendre l'araignée.

3 Avec les ciseaux à bout rond, coupe la laine en haut et en bas, comme sur la figure. N'oublie pas d'ébouriffer un peu les fils de laine, pour rendre ton araignée plus vraie et plus effrayante.

4 La touche finale : colle les yeux en plastique sur l'araignée (tu peux aussi les faire toi-même, en découpant du carton rouge) et plie-lui un peu les « pattes ». Et voilà ton « araignée dégoûtante » ! Accroches-en dans plusieurs endroits de la maison et tu feras peur à tout le monde !

UNE VARIANTE SYMPATHIQUE

Réalise des ailes de chauve-souris dans du bristol noir ou coloré en noir et colle-les sur les liens en plastique rigide, que dans ce cas-là tu ne devras pas replier. Ainsi, tu auras aussi tes chauves-souris dégoûtantes !

TEST QUEL MONSTRE ES-TU ?

Découvre quel est le déguisement d'Halloween qui correspond le mieux à ton caractère. Réponds aux questions ci-dessous, marque combien de fois tu as répondu A, combien de fois B et combien de fois C, puis va à la page suivante et lis le portrait qui correspond à la lettre que tu as le plus souvent choisie !

1. À la fête d'Halloween, tu voudrais :

A Être la plus sympathique

B Être celle qui fait le plus
   peur

C Être celle qui mange le
   plus de bonbons

2. Pendant un jeu, tu...

A Essaies de faire jouer tout le
   monde

B Essaies à tout prix de gagner

C Essaies de découvrir quelle
   peut bien être la récompense

3. Une de tes amies a laissé ses bonbons sans surveillance

A Tu vérifies que personne
   ne les lui mange

B Tu les caches pour lui faire
   une farce

C Tu les manges !

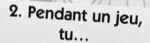

4. Quand tu demandes « Les bonbons ou la vie ? », tu espères :

A Que personne ne te reconnaîtras car cela voudra dire que tu es bien déguisée !

B Que tu vas pouvoir donner beaucoup de gages

C Que tu recevras beaucoup de bonbons

5. À la fête d'Halloween où tu es, il y a une fille qui a le même déguisement que toi :

A Tu éclates de rire et tu lui proposes de faire les « jumelles-monstres »

B Tu rentres chez toi et tu changes de costume : tu veux être originale !

C Tu ne t'en soucies pas, et tu te concentres sur le buffet !

6. Un garçon te fait une farce qui ne te plaît pas du tout.

A Tu te prêtes au jeu, pour lui faire plaisir

B Tu es contrariée et tu t'en vas

C Tu lui fais une farce qui lui fera encore plus peur !

Solutions du test
"Quel monstre es-tu ?"

Majorité de réponses A

Plus que faire peur, tu aimes rire, plaisanter, danser… bref, t'amuser avec les autres. Pour Halloween, tu ne pourrais te déguiser qu'en douce fée des bois, une créature que tout le monde voudrait voir et que personne n'oubliera !

Majorité de réponses B

Pour Halloween, tu voudrais entrer dans le *Livre des Records* comme le déguisement le plus terrifiant qu'on ait jamais vu, et tant pis pour ce que ça coûte ! Tu ne t'arrêtes devant rien et tu ne laisses jamais échapper une occasion de faire une farce inoubliable. Mais attention : si tu t'identifies trop à ton rôle, tu risques de ne plus en sortir et de rester une sorcière pendant toute l'année !

Majorité de réponses C

Ce que tu préfères à Halloween, ce sont les bonbons ! Tu es un esprit goulu et vorace, toujours à la recherche de quelque chose à te mettre sous la dent ! Pas de meilleur déguisement pour toi que celui du loup-garou : car toi aussi tu te transformes, quand tu as ce genre d'« attaques »… de faim !

JEU

CHERCHE L'ERREUR !

Dans le dessin ci-dessous, il y a quelques éléments qui ne devraient pas y être ou qui n'appartiennent pas au costume de pirate. Sauras-tu les repérer ?

LA SOLUTION EST EN BAS DE LA PAGE, À L'ENVERS

La boucle d'oreille va... sur l'oreille et non dans le nez ; le foulard se met autour de la taille et non autour du cou ; les chaussures ne sont pas des chaussures de pirate ; les dents sont celles du vampire ; le pirate a une épée et non un balai.

HALLOWEEN...
POUR RIRE

À quoi reconnaît-on un fantôme frileux ?
Au fait qu'au lieu d'un drap, il porte...
une couverture de laine !

Un squelette chez le dentiste :
- Elles vont comment, mes dents ?
- Pas mal. Ce sont vos gencives qui m'inquiètent.

QUE DIT UN VAMPIRE EN
QUITTANT SA VICTIME ?
MERCI BEAU COU.

Quel est le comble
pour un fantôme ?
Être dans de beaux
draps.

Dans un château en ruines, un guide dirige un groupe. Une dame demande :
– Il y a des fantômes ici ?
– Oh non, répond le guide, je suis là depuis 600 ans et je n'en ai jamais rencontré !

Qui a 4 jambes et 120 dents?
Un crocodile
Qui a 4 dents et 120 jambes?
Une réunion de vieilles sorcières

Qu'offre une maman fantôme
à sa petite fille pour Noël ?
Une maison de poupée hantée.

TABLE
DES MATIÈRES

Geronimo Stilton

DANS LA MÊME COLLECTION

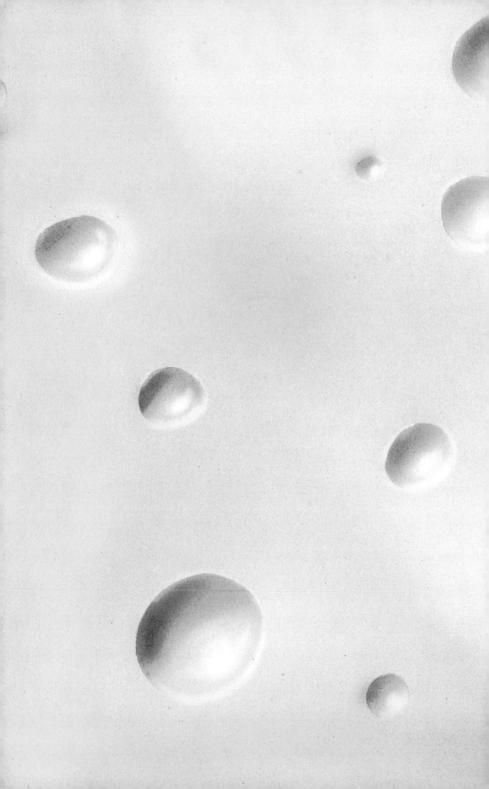

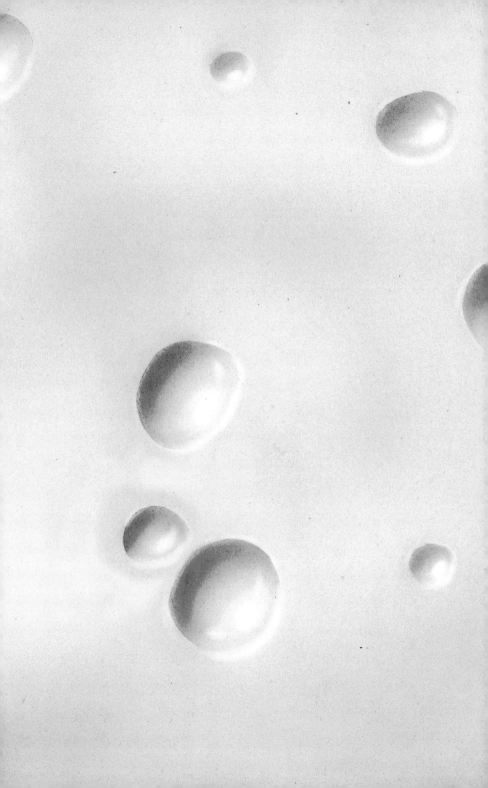

ÎLE
DES BALEINES

L'île des Baleines

1. Pic du Faucon
2. Observatoire astronomique
3. Mont Ébouleux
4. Installations photovoltaïques pour l'énergie solaire
5. Plaine du Bouc
6. Pointe Ventue
7. Plage des Tortues
8. Plage Plageuse
9. Collège de Raxford
10. Rivière Bernicle
11. *L'Antique Cancoillotterie, restaurant et siège des Messageries Ratiques – Transports maritimes*
12. Port
13. Maison des Calamars
14. *Zanzibazar*
15. Baie des Papillons
16. Pointe de la Moule
17. Rocher du Phare
18. Rochers du Cormoran
19. Forêt des Rossignols
20. Villa Marée, laboratoire de biologie marine
21. Forêt des Faucons
22. Grotte du Vent
23. Grotte du Phoque
24. Récif des Mouettes
25. Plage des Ânons

Au revoir,
à la prochaine aventure !